불면 혹하는 나이 마흔

불면 혹하는 나이 마흔

발 행 | 2023년 1월 19일
저 자 | 감자밭(이현동)
펴낸이 | 한건희
펴낸곳 | 주식회사 부크크
출판사등록 | 2014.07.15.(제2014-16호)
주 소 | 서울특별시 금천구 가산디지털1로 119 SK트윈타워 A동 305호
전 화 | 1670-8316
이메일 | info@bookk.co.kr

ISBN | 979-11-410-1217-5

www.bookk.co.kr
ⓒ 감자밭 2023

불면

혹하는

나이

마흔

내가 지금 뭐하는 사람인지 정도는 알고 사는 줄 알았는데,
돌아보니 속이 멍하다.
어떤 이유로, 어떠한 연(緣)으로 이곳에 이리 숨 쉬고 있게
되었는지 잊어서이고, 어디서 출발했는지 조차 잊었기 때문
이다.

숨은 차오르고, 왜 이리 숨차게 뛰고 있는지 궁금할 즈음
발걸음이 잦아 들었다. 그리고 주위를 두리번거렸다.

마흔 즈음, 돌아보고 둘러보아도 어디로 가야할지 도통 모르
겠다. 가야할 곳을 모를 때, 그 때가 여행의 시작이라던가..
그렇게 나의 여행이 시작되었다.

찾고 싶어졌다. 찾고 싶어서, 나를 찾아보고 싶어서 한자
두자 쓰기 시작했다.　알 때 까지 써보기로 했다.

제법 썼는데 사실, 아직 잘 모른다.　그래서 계속 쓴다.

그렇게 묶인 첫 번 째 한 뭉텅이 여기 내어 놓는다.

○ 차
례

서문   3

몹시도 일상적인 호(好)시절

늦은 밤 책장을 넘기다   8

강현이용소   9

포인트가 부족한 몸뚱이   12

호빗마을 사람들   15

2022년, 새해 소원은 랜덤박스   19

아무것도 아닌 날들 중 하루   22

통화(通話)   24

돌아보면 보이는 것들

유레카!   28

읽고 쓰는 서생으로의 회귀   33

아빠 아버지 아부지   38

감정의 재발견   41

두부 한 모   44

악연(惡緣)   48

4

불면 혹하는 나이 마흔

시간 부적응자	52
너는 언제 꽃을 피울래?	55
16년, 그곳을 다시 찾은 시간	58
불면 혹하는 나이 마흔	63
익숙함을 벗는 일	66
우리가 사랑하는 이유	68
굵은 발목	70
생존형 낙천주의	73
섭섭로	76
그러려니의 계절	78
해우소에서 문득	81
2020 원더키디	82

Carry on

삶이라는 동전 던지기	84
생(生)의 톱니바퀴	87
한 방향으로 걷는 사람들	91
모든이의 애달픈 여정	94
유종(有終)	96
될놈 '될'	99
Carry on	102
기분 상해죄	104
기억의 숲	106
어느날 신이 나타났다	109

어느 길로 가야 할지 더 이상 알 수 없을 때
그 때가 비로소 진정한 여행의 시작이다.

나짐 히크메트

봄시도
일상적이
호(好)시절

7

○ 늦은 밤 책장을 넘기다

늦은 밤 책장에 활자로 새겨진 낱말이며 글 한 줄 한 줄을 머릿속에 담는다.

담다 보면 오늘의 내가 느껴진다.

어젯밤 알게 된 것을 오늘은 잊기도 하고, 그러다가도 문득 떠올라 오늘 담은 이야기에 한 줄 의미를 더해 주기도 한다.

그렇게 밤이면 조용히 한 장 한 장 넘기는 종잇장 내음이 살갑다.

한낮의 태양이 하늘 지붕 위에 있을 때, 나는 삶 속에 내가 있음을 잊는다.

한낮의 속 시끄러운 모든 것들에 그만 홀려 버린 탓일까.

내가 살아가고 있다는, 숨이 내 폐부를 오가고 있다는 자각은 늦은 밤 활자들과 낱말들을 호흡할 때 문득 찾아온다.

한 발치 물러서 곰곰이 곱씹는 이 시간에 비로소.

늦은 밤 활자로 새겨진 낱말이며 글 한 줄 한 줄 머릿속에 담는다.

오늘 담은 것이 내일의 나에게 무엇을 남기게 될지 그것이 당장 어떤 의미인지보다 이 찰나의 감흥이 이 행위의 이유일 테다.

사라질 것이 아니면 담지 않는다.

담아도 사라지니 내일은 또 내일의 내가 산다.

그럼에도 우직하게 한 줄 한 줄 담아내는 것은 그것이 오늘의 내가 숨 쉬고 있음의 보증이기 때문이다.

밤은 깊고, 나는 살아 숨 쉬고, 책 내음은 달다.

○ 강현 이용소

사각사각.. 서걱서걱.. (스르륵..)

어렴풋 잠이 들었을 때 들려오는 이발 가위 소리가 너무도 살갑다.

내가 근무하고 있는 곳에는 '강현 이용소'가 있다.

2 ~ 3주에 한 번쯤 나는 그곳 입구로부터 두 번째 자리에 앉아서 졸다가..사각사각, 서걱서걱 소리를 들으며 반쯤 눈을 떴다 행복하게 다시 눈을 감는다.

잠시 잠깐 눈을 뜨면, '강현 농업협동조합' 달력이 눈에 띄고, 다이얼로 채널 돌리는 '이코노 TV'에서 4:3 비율로 날씬해진 사람이 나온다.(지금 TV는 16:9니까)

그러면 나는 하얀 가운(?)을 목에 감고 나른하고, 행복하게..

꿈나라 여행을 떠나면 된다.

'이발소'가 아니고 '이용소'다.

이용소.. 理容所..

얼굴을 이롭게 하는 곳, '용모를 가꾸는 공간'이다.

문간을 들어서면 80대 초반 즈음의 할아버지, 할머니가 "아유~ 어솨요~ 전번에 왔던 군인 아자씨자니~"하고 나를 맞는다.

나는 "대대장님이 여기 좋다고 하셔서요~ "하고 지난번에 했던 말 또 하며 이발 좌석에 앉는다. 목에 흰색 가운을 휘감고 있자면, "짧게?" 하는 짤막한 '소장님'의 confirm이 있고, 나는 "네"하고 답하고, 이내 의식이 시작된다.

'소장님'이 하신 말씀을 해석하자면, "아유~ 항공대에 계신가 봐요~ 군인이시니 짧게 자를까요?" 다.

눈을 감았다, 떴다 하면 주인 할머니가 "아유~ 군인 아자씨, 이 앞에 고냉이 있는 거 봤나? 눈이 시퍼렇게 불이 나는 게, 아주 무수와~ 내가 한 마리~ 인가했더니 아(새끼들)가 마이 이써. 그리구 마이 무수와 얼굴이~"하고 하루 동안 느낌점, 이즈음의 살아가는 이야기를 모처럼의 강원도 네이티브 스피치로 들려주신다.

내가 강원도 출신이 아니라면 못 알아들을 수도 있겠다 싶지만, 그래서 더 정감 있는 그 말들이 귓가를 간지럽힌다.

사각사각.. 서걱서걱.. '바리깡'이 아닌 이발 가위의 소리는 잠을 부르는 소리다. 귓가를 슬쩍이는 그 이발 가위의 느낌이 좋다.

43살 아재는 아무래도 '위~잉~~"하는 바리깡 소리보다는 이 사각거림이 좋다. 차가운 듯, 아닌 듯한 가위의 촉감이 너무 좋아 약속한 듯 눈을 감으면, 어릴적 생각을 하게 된다.(사실 이쯤 되면 자는 거다.)

어릴 적 나 살던 강원도 정선군 사북읍 시장통에 '충남 이발소'에 자주 앉아 있었다. 지금 생각해 보니 소장님이 충남 출신인가 보다. 키가 너무 작아 나무 걸상을 의자 위에 두고 앉아 있었다. 그때도 자다 깨고, 자다 깨고..

잔다고, 머리 떨어지면 머리 망가진다고 혼나고 그랬다.

돈 내는데 혼나는 이유는 아직 모르겠다.

하지만 귓가에 서걱거림이, 이발 가위의 그 느낌이 좋았다.

그래서 근무지를 옮길 때마다 이발소를 찾게 된다.

어른이 되고(남들이 어른이라고 하면 어른인 거다.) 이 부대, 저 부대 다니는 군인이 되고 여러 미용실과 이발소를 다니며 머리(누가 뭐래도 한국말 '머리'는 '머리카락'이다.)를 잘라도 그때의 기억으로, 나는 이발 가위를 사용하는 이발이 즐겁다.

한참을 서걱거리다 보면 동네 사람들이 마실 나오 듯 너무도 자연스럽게 대기석에 앉는다.

어떤 이는 말도 없이 앉는다.

어떤 이는 "아유~ 형님~ 내 이발이 안 해서 머리가 장발장이 됐잖소.(장발장은 사실 그런 캐릭터가 아닌데 말이다.)" 하고 앉는다.

화분 파는 분, 치킨파는 분, 펜션 하는 분, 국밥 파는 분, 빵집 사장님, 고기 잡는 분.. '내 뒤에 자를 사람들'이다.

'소장님'이 "어쏴~ 전번에 낚시하러 온 아들은 잘 갔어?(낚시 손님 받는 펜션 사장님한테 한 말인가 보다.)" 하면 대기 손님 등록이다.

그때부터 이 마을의 옛 일들, 어머니와 아버지들, 함께 지낸 동네 친구들과 선후배들에 관한 소소한 이야기들을 알게 된다.

생각보다 시골 분들이 말씀이 많다.

이발을 마치면 '소장님'께서 손수 머리를 감겨주신다. 미용실의 컴포터블 의자에 앉아 받는 '뒷감김'아니고, 딱딱한 간이 의자에 앉은 채 '앞 감김'.

자글자글 도장에 금이 간 세면대에 고개를 숙이면 소장님이 손으로 슥슥 간 본, 적당한 온도의 물을 뿌려주며 비누로 한 번, 샴푸로 한 번 머리를 감아 주신다.

결재는 '계좌이체'.

이용소에서 나올 때는 별 표정 없이 나와 문 닫고, 혼자 비실 웃는다. 이 느낌, 이 정감이 좋다. '만원'하는 이용요금이 아깝지 않다.

시간이 한없이 빠르다 느낄 때, 삶의 무게로 어깨가 버거울 때, 잠시 나에게로의 시간 여행을 하고플 때 잠깐 눈 붙이며 사각거림을 들을 수 있는 곳, 이런 곳이 아직 내곁에 있어 행복하다.

○ 포인트가 부족한 몸뚱이

아직 젊고 늙음을 말하기에는 애매한 나이지만 이 땅의 직장인들이 마흔 줄 넘으면 으레 그렇듯 나도 몸뚱이 하나 간수하기 힘들다고 느낄 때가 있다. 그렇다고 병원에 누워 있는 아픈 이들처럼은 아니지만 이맘때를 같이 겪어내고 있는 이들은 아마 공감할 수 있으리라 생각한다.

기력이 넘쳐나던 시절에는 밤새 술잔을 기울이고, 어깨동무하고, 노래했었다. 그것을 그때쯤 멈추었어야 했다.

지금은 어찌 된 일인지 아무 짓도 안 했는데 출근과 동시에, 아침을 가리키는 시곗바늘이 무상하게 내 몸은 항상 늦은 밤의 몸뚱이다. 그게 또 모두에게 통용되는 것은 아닌 것이.. 또래의 여느 사람들 중에는 지난날의 자신에게 투자한 보람으로 하루를 힘 있게 보내는 이들도 많다. 결국 몸뚱이 막 굴린 내가 문제.

연기 나는 연초 담배 해롭다고 전자담배로 바꾼 정도의 정성(?)에 불과한 내 몸이 어디 노련한 몸 관리 전문가들과 같기야 하겠는가. 어릴 적 아버지가 말씀하신 대로 담배란 것이 또 '인이 박혀서' 없으면 기운 떨어지고, 피우면 또 기운 떨어지는 요물이다. 거기에 간간히 더해지는 카페인은 실과 바늘 같은 것이 되어버렸다.

저녁엔 알코올 한고뿌.

흔히들 말하는 '한참 할 때'를 보내며 내 몸에 신경 쓸 겨를이 없다고 생각했다. 고상한 이유는 없고, 바쁘니 항상 운동은 점점 후순위로 밀려났다.

보고서 만들거나 이리저리 야근하는 것이 먼저고 가끔은 운동하는 이들이 한가로워 보이기도 했다.

군인인 나는 1년에 한 번 체력검정을 하는데 운동은 이때 반짝하는 것이고, 체력검정 다음날 아침은 간밤에 도둑이 들어 귀한 물건 다 나두고 내 몸만 짓이기고 간 것 마냥 온몸이 아프곤 했다. 요새 말로 '운동을 1도 안 했으니까.' 그렇게 몸 생각 안 하고 니코틴에 알코올에 카페인에 의지하며 앞만 보고 달리다가 이제 돌아보니 몸이 아니라 몸뚱이(몸 + 뚱이)다.

이제야 운동할 시간이 나서 - 사실 예전부터 안 한 것이지 시간을 탓할 일은 아니다. - 부대 한 바퀴 뛰어 보는데, 주변에 걷고 있는 이들과 나의 차이는 속도가 아니라 '내가 몹시 숨이 찬 상태'라는 정도.

뭐 특이한 것이 있다면 간혹 모퉁이에 조상님이 슬쩍슬쩍 보인다는 것. 그래도 꾸역꾸역 뛰고 나면 뭐 대충 걷는 것과 비슷했는데도 눈치 없는 일말의 만족감이 있다. 정신 차리면 이내 멋쩍어진다.

요즘 내가 애용하는 간편 결제 '네O버페이'는 돈을 넣으면 포인트가 되어 그 포인트로 물건을 구매할 수 있다.

몸뚱이가 되는데 일조한 '지O막걸리', '네 캔에 만원 맥주' 뭐 이런 것을 사는 그 포인트가 핵심인데, 그 '한참 할 때' 포인트를 쌓아 두지 못해 지금 당장은 '활기찬 하루', '힘차고 가벼운 조깅', '탐스러운 근육'을 살 수가 없다.

돈 없어 배곯는 것처럼 자못 슬픈 일이다.

주말에 좋아하는 '지O막걸리', '네 캔에 만원 맥주' 냄새라도 맡으려면 열심히 포인트를 쌓아야 한다.

노력하지 않아도 포인트가 넘치던 그 시절, 지금은 그때의 내가 아닌 관계로 포인트 열심히 쌓아도 만족할 만큼 되기 힘들다.

그래서 나는 오늘도 뛰고 내일도 뛴다. 이제야 좀 여유를 가졌는데, 억울해만 하지 말고 지금이라도 결자해지(結者解之) 해야 할 때다. 포인트를 야금야금 열심히 쌓으면 '걷는 듯 아닌 듯 애매해 보이는 몹시 숨차 하는 저 양반'은 면하지 않을까?

○ 호빗마을 사람들

영국의 문학자이자 소설가 J. R. R. 톨킨이 1950년대에 저술한 판타지 소설 '반지의 제왕' 세계관에서는 호빗, 인간, 나즈굴, 오크, 크롤, 엘프, 드워프, 마법사, 엔트 등의 다양한 종족이 있다.

이중 호빗 종족은 이 세계관 속 종족 중 왜소하고 작은 영역의 사람들이다.

인간보다 작고 드워프(험상궂게 생긴 난쟁이)보다 좀 크다. 인간의 축소판이라 할 수 있다.

왜소한 데다 잘하는 것은 '돌 던지기' 정도.

그리고.. '반지의 제왕'을 아는 사람들은 작은 사람들을 우스갯소리로 '호빗'이라고들 한다.

강원도 양양군 남대천변 해가 떠오르는 어느 마을에 '호빗'이 사는 곳이 있다.

아빠 호빗, 엄마 호빗, 큰아들 호빗, 작은아들 호빗.. 우리 가족이다.

우리 가족 누구 하나 같은 연령대 대비 키가 큰 이가 없다.

그런 데다 남들 눈에 띄는 특출 난 능력을 가진 이도 없다.

소시민 중 소시민인 우리 가족.. 가만히 지켜보고 있자면, 참 '호빗'같은 이들이다.

아빠 호빗은 소소하게 글 쓰는 헬기 조종사로, 가끔 자기가 개그맨이라 생각하는 것처럼 보인다. 개그 소재는 엄마 호빗이다.

덩실덩실 저질댄스 추는 것 좋아하고, 누군가 노래방 가자고 하면 손사래 치지만 도착하면 일단 오른손에 마이크를 묶곤 한다.

온몸이 둥글둥글하고 흥도 많고 화도 많은 편. 하지만 불의를 보면 곧 잘 참는다. .

엄마 호빗은 96년 겨울 즈음 아빠 호빗을 만나 감언이설과 헤어
나올 수 없는 저질 개그에 빠져 이 집에 함께하게 된 케이스로,
주로 성당에 서식하는 '천국 사람'이다.

마음 약하고, 왜소한 처자이지만 또 불의를 보면 참지 못하는 열혈
아지매다. 역시 온몸 둥글둥글하고 내재된 흥의 내공이 상당하다.

큰아들 호빗은.. 아빠 호빗이 요즘 연구하고 있는 존재로, 장래를
고민만 하고 있으나 혓바닥은 잘 놀리는 '중딩'이다. 엄마 호빗 닮아
마음 약하고 눈물 많은 호빗이나 아빠 호빗 측 흥의 계승자다.
피조물 중 꽤나 아빠 호빗 마음에 드는 편. 역시나 둥글둥글하다.

작은아들 호빗은 '소식좌' 호빗으로, 동거하는 호빗들이 항상 '저
자식은 밤에 몰래 뭔가 먹을 거야'라고 여기고 있다.

안그러면 생존할 수 없을 만큼 먹는다. 그래서인가.. 우리 중 유일
하게 둥글지 않다.

탱글탱글한 궁둥이 보유자로 아빠 호빗이 틈만 나면 '궁둥이 찰찰'을
하기 때문에 도망 다니기 바쁜 '초딩' 호빗이다. 요즘은 배틀그라
운드 하며 뭘 자꾸 죽이고 있다. 들어보면 꽤나 잘 죽이는 것 같다.

퇴근 후 우리 가족을 지켜보고 있자면.. 꽤나 빈틈 많고, 다소 모자란
그 모습들에서 헛웃음도 나고, 또 역설적인 책임감도 느껴진다. '
저 자들을 내가 챙기지 않으면 안 되겠구먼'하는 생각 말이다.

하지만 그 순간 나를 돌아보면 나 또한 한낱 호빗일 뿐..

사실 '호빗'이라는 구분도 남들과 비교하니 생겨나는 느낌일 게다.
남들보다 작고 왜소하며, 무언가 완성도 높지 않은 비천한 능력치를
가진 데다 누군가 지켜주지 않으면 안 될 것 같은 그 이미지 말이다.

그래도.. 우리 가족은 부족할지언정 항상 웃고 지내는 축복을 받은

몇 안 되는 사람들이다.

아빠 호빗은 비록 본인도 호빗일지언정 항상 이 호빗의 보금자리 지키려 궁리한다.

앞으로 무엇을 해야 이 자들을 지켜낼 수 있는가가 주된 관심사니까.

엄마 호빗은 가족을 위해 항상 기도하는 성직자 캐릭터이자 '힐러' 로서, 가정에 포근함을 더하고 있으며, 아들 호빗들은 또래 아이들 보다 뛰어나진 못할지언정 엄빠 호빗들이 '극대노'할 사고 치지 않고 적당히 철없이 지내주어 몹시 고마운 선물들이다.

가족이 걱정될 때마다, 책임감의 무게가 느껴질 때마다 아빠 호빗은 덩실덩실 춤을 추거나 저질 개그 날리며 여타의 호빗들과 웃으며 지낸다.

최근에 편의점 맥주 '네 캔에 만원'이 사라져 못내 아쉽지만(이 부분은 꽤나 중요한 문제다.), 가족들 보며 또 웃음과 행복을 얻는다. 우리 가족들 뭐하나 내세울 건 없어도 이만하면 '호빗 중 제일'이 지 않을까 생각한다.

말하지 않아도 가족의 소중함을 아는 이들, 각자의 방식으로 가족을 지키고 가꿔나가는 우리 식구들이 사랑스럽고 소중하다.

그래.. 호빗이면 뭐 어떤가. 호빗마을에서는 호빗이 정상이고, 호빗이 엘프 되고자 스스로 고달프게 하지 않는 지혜가 있으니 또 얼마나 다행인가 말이다.

오늘도 호빗마을에는 정겹고 사랑 넘치는 대화가 오간다. 서로를 마음 깊이 느끼고, 사랑하며..

"이 쉐끼 시간 됐는데 안 쳐 자? 엉? 치카(치카푸카, 양치질)는 했어? 생선(생일선물이라는 뜻, 여기서는 취침 전 엄빠에게 뽀뽀함 을 말함) 안 하고 잘 꺼야? 엉?"

17

"음마, 공부는 디지게 안 하고 이 쉐끼.. 넘마 너 그럼 나중에 아빠가 하나도 안도와 줄 거야!!"
아.. 정겹다..
내 비록 호빗의 몸으로 태어나 고군분투하고 있으나, '아빠 호빗'으로서 몹시 최선을 다하리라. 사랑하니까.

○ 2022년, 새해 소원은 '랜덤박스'

2022년이 밝았네요. 새해 소원에 관한 이야기를 짓고 있으니 오늘은 경어(敬語)로 씁니다.

해마다 떠오르는 '새 해'를 보며 소원을 빌었습니다. 보통은 꼭 이루고 싶은 소망과 바람들이었죠.

한 동안은 주로 사회적인 성공에 관한 것 들이었습니다.

"~가 되게 해 주세요.", "~를 이루었으면 좋겠습니다."라고 말입니다. 지금까지 여러 해 경험해 본 결과, 뜻 한 바 대로 이루었던 적은 없었던 것 같습니다.

제가 기도하는 저의 조물주께서는 제가 바라는 것과는 다른 모습으로 저의 인생을 채워 주셨습니다.

바라는 바 대로 되지 않아 실망할 때도 결국은 '아.. 이런 것들을 주셨구나.. 이게 더 나에게 맞는 것이겠지..' 하는 것들을 주셨지요.

뭐, 불만은 없습니다만 뭐든 '바라는 자'들의 소망이라고 하는 것이 '원하는 대로 이루어지는 것'이니까 아쉬움이 없었던 것은 아니었습니다.

어릴 적부터 저는 거의 한 번도 거르지 않고 새해 소원을 빌었습니다.

어제와 같은 해가 뜨는 모습을 보고 있었지만, 어제와 오늘을 해넘이와 해돋이로 경계 지으며 어제 보다, 작년보다 나은 한 해를 맞길 기원했던 것 같습니다.

돌이켜 보니 그 바람이랄지 소망이라고 하는 것들은 결국 '사회적 성공', '안락함과 평안함', '가족의 건강' 뭐 그런 것들이었습니다.

고백하건대, 저는 유독 '사회적인 성공'을 주로 기원했습니다.

그래서였을까요? 그 사회적 성공이라고 하는 지극히 이기적인 소원들이 이루어진 적은 없었거나 늘 성에 차지 않았죠.

생각해 봅니다. 그 사회적인 성공이라고 하는 것이.. 태생적으로 상대적인 것인데, 주님께서 저의 소원만을 들어주시면 다른 이의 소망은 또 못 들어주시는 것이니까요. 그래서 참 '들어주기 힘든 소원'이었다는 것을 깨닫습니다. 애초에 그런 것들을 빌어보는 게 아니었는데 말입니다.

올해는 새롭게 떠오르는 해를 운 좋게도 거실에서 맞이했습니다.

제가 사는 양양 남대천변에서는 굳이 멀리 길 떠나지 않아도 새해가 떠오르는 모습을 커튼 살짝 걷으면 볼 수 있으니까요.

감사한 일입니다. 또, SNS로 지인들도 그 '새 해' 많이들 보내주셨어요. 편한 세상입니다.

아들과 두 손잡고 맞이 한 2022년 판 '새 해'를 보며 올해도 어김없이 새해 소원을 빌었습니다.

하지만 지난해 빌었던 소원과는 결이 좀 달랐죠.

제가 이번에 소원한 것은 '랜덤박스'였습니다. '랜덤박스' 다들 아시죠?

쇼핑몰 같은 데서 이벤트나 또는 기획상품류 등을 무작위로 넣어 팔고 소비자는 '기대감' 한 스푼 또는 '혹시 모를 개이득' 꿈꾸며 주문하는 그것 말입니다.

게임하는 분들께는 어떠한 아이템을 획득할 수 있을지 명확하지 않은 아이템 뽑기 시스템인 '가챠 시스템(Gacha system, ガチャ)이라고 설명해 드리면 잘 아시겠네요.

그래요. 올해 저는 떠 오르는 붉은 새 해를 보며 주님께 '랜덤박스'를 주시라 청했습니다.

무엇이 들어 있을지는 모르나 뭐든 좋은 것이 들어 있을 테니까요. 인터넷 상으로 랜덤박스 사업을 하는 업자들 중에는 조악한 물품으로 소비자를 꾀여내는 사람들도 있지만, 주님이 그러시기야 하겠습니까? 굳은 믿음입니다.

살아오면서 그 '성공'이란 것 못해서 눈물 훔친 적도 많이 있고, 어린아이처럼 '바라던 것을 받지 못해서' 칭얼대던 적 많았습니다. 그 경험들을 통해 깨닫게 된 것이 있다면, 시간이 지나 돌이켜 보면 '주님께서 저에게 주신 것은 언제나 옳다'는 사실입니다. 매번 '적당하고, 공평하고, 합리적인' 결과들을 맞이했으니까요.

물론, 파격은 없었습니다. 그 파격을 바란 것이 또 옳았던 것인지도 지금은 잘 모르겠네요.

그래서 빌어 본 올해의 새해 소원, 올해의 '랜덤박스'에 무엇이 담겨 배송될지 벌써부터 몹시 기대가 됩니다.

그것이 랜덤박스 뜯는 맛이니까요. 암요.

그래도.. 혹시나 하고 주문 세부사항에 '가족건강 포함'이라고 조심스레 적어 보았습니다.

에누리 없고 유도리(ゆとり)없는 장사는 없는 법이니까요.

2021년 고생들 많았습니다. 모두에게 건강과 평화가 함께하길 기원합니다.(아.. 이것도 주문 세부사항에 넣어야 했던 걸까요?)

Happy New Year!!!

○ 아무것도 아닌 날들 중 하루

한 해, 두 해 살아가며 늘어가는 것이 있다면, 그것은 생에 대한 관망(觀望)이다.

작년 이맘때 빌었던 새해 소원은 '랜덤박스'였다.

내가 믿는 신께서는 내 소원에 영 답을 않으시니 그분의 '선택'에 맡겨 보자는 얄팍한 노름이었다.

역시나 인상적인 일들은 일어나지 않았고, 다만 보기에 따라 모양을 달리하는 총천연색 '물체주머니'를 하나 받은 듯하다. 무엇을 만들어 내든, 그것을 보고 웃을지 울지 또한 내 맘이 정해 내야 하는 그런.

안타까워하고 애달픈 마음에 가슴을 치는 일들을 마주할수록, 그 마주함이 길고 많아질수록 관망(觀望)이 늘어간다. 무뎌진다 해야 할까? 무뎌짐 마저 익숙해진다 해야 할까?

아침에 눈을 떠 한 번도 살아 본 적이 없는 세상을 마주하여 까만 밤에 이부자리를 펼 때까지 무언가 내 가슴에 불을 당기는 이끌림과 흥분을 기대하곤 했다.

하지만 대부분의 날들은 '아무것도 아닌 날들 중 하루'였거나 되려 '하루를 완주했음이 다행인 날들'이었다.

고상한 어휘와 깊은 조아림으로, 때로는 아이의 마음으로 구하였던 많은 소망들은 다 어디로 흩어졌나 이젠 찾을 수도 없고 기억 속에서도 흩어져 이젠 뭐가 뭔지도 잘 모르게 되어 버린 듯하다.

이것이 달관(達觀)이라면 다행일 테지.. 하지만 과연 그러한지는 의문이다.

그러니 이천 하고도 스물 새해 째를 맞이하는 이즈음, 이제 나는 관망(觀望)을 택할 수밖에.

그분의 선택에 맡겨 그 결과에 따라 행복을 맛보려 한 얄팍한 노름이 실패하였으므로 이제 내가 택할 수 있는 것은 한 해의 모든 시간과 현상들이 내 눈앞에서 어찌 돌아가는지 한 번 지켜보는 일 일테다. 사람인지라 바람을 온전히 접을 수는 없으나, 현혹되지 않고 그저 바라보고자 한다.

그래, 어찌 돌아갈 한 해 인지 말이다.

출세길 접은 지 오래고, 돈 세다 잠들 운명도 아닌 듯 하니 그 또한 바라는 바도 아니다.

다만 '먼 나라 소인이 찍힌 그림엽서 한 장 적어 보면 어떨까?' 하고 바다 건너 여행 정도 소망해 보다가도 그 역시 어찌 될지 한 번 지켜보기로 한다.

그리고 새해였던 시절이 또 한 번 저물면,

그간 관망한 모든 것들을 그저 펼쳐보려 한다.

그 때의 나에게 좋았던가, 아름다웠던가, 기뻤던가 하고 물어볼 요량이다.

바라는 것이 없으니 실망도 없을 것이고, 실망이 없으니 더 처질 구석도 없을 테지..

그래도 아쉬우면 '기억을 변주'하여 좋은 시절이었다 여기고 스쳐 지나 보려 한다.

○ 통화(通話)

한동안 모르고 지냈지만, 내게는 즐거운 낙(樂)이 하나 있다.
아들과 전화로 말을 주고받는 행위, 통화(通話).
수년 전 둘째 녀석이 전화기(표현이 좀 낡았네..)를 갖게 되었을 때,
나에게 전화가 왔다. 그 순간의 감정은 기쁨보다는 놀라움에 가깝다.
그래, 나는 아들과도 통화할 수 있다는 생각을 여태껏 하지 않았던
것이다. '문명과 문명이 만났을 때, 그때의 충격이 이런 것일까?'라
생각하며 내 스마트폰의 수신 버튼을 눌렀다.
"어? 아빠?.. 잘못 걸었어요~ 끊어요~(무지 명랑한 목소리)"
'나.. 아직 말 안 했는데..'라 생각하기도 전에 끊겼다. 그 첫 접촉이
허무하게..
이것이 나와 아들을 이어준 첫 통화였다.
한동안 여러 생각들이 오갔다.
'다시 걸까? 뭔 일이 있는 걸까? 와이프한테 자랑해야 하나?'
하지만 난 한마디도 못했는걸…
주변 동료가 물었다.
"무슨 통화길래 암말 안 하고 끊습니까?"
"어.. 아들.. 하.. 근데 이쉐끼가…"
"왜, 뭐 있습니까?"
"잘 못 걸었대.."
이건 마치 꽁냥대는 부모에게 아들이 "뭐야? 둘이 사귀어?"라고
물으니 부부가 멋쩍어하며 "아니.."라고 답했다는 일화처럼 황당하
기도 하고 웃픈 일이라 생각했다.

24

사귀는 관계도 아닌데, 부부다…

전화 걸어 생의 첫 아빠와의 통화가 연결되었는데, 잘못 걸었다라..

그래도, 그 모든 생각들의 끝은 '기쁨'이었다.

얼마간의 시간이 흐른 뒤, 기쁨은 누군가에게 자랑하고픈 '자부심'으로 모양이 바뀌었다.

'나, 어린 아들하고 통화도 하는 그런 남자다.'

아내에게 전화 걸어 자랑했다. 어이없어하는 반응과 아내는 종종 아들과 통화한다는 그들만의 로맨스를 알아차리게 되었지만, 그래도 껄껄 웃으며 자랑했다.

그 이후 나는 종종 아들들에게 전화를 걸어 시답지 않은 이야기를 한다. 반응이 뭐 그다지 열광적이지는 않지만, 그래도 '너와 나의 연결고리'를 느낄 수 있는 조금 기쁜, 소확행의 경험이다.

오늘, 중 3 중간고사 시험을 마친 첫째에게 전화를 걸었다.

아들 1 : "예, 아부지.. "

감자밭 : "어~ 아들~ 시험 끝났지?"

아들 1 : "예……."

'아.. 망쳤나 보다…'

감자밭 : "아들램~ 시험도 끝났는데, 아부지랑 저녁에 맛난 거 먹을까? 뭐 먹고 싶은 거 있어?"

아들 1 : "하…….."

'진짜 망쳤나 보다.. 아..'

감자밭 : "아들 몇 시에 와? 아빠가 맛난 거 사갈게~"

아들 1 : "…. 네.."

아들은 시험을 망쳤고, '아부지'라는 내 1인칭은 그 딱함에 '아빠'로 바뀌었다.

안쓰러움은 시간을 얼마간 되돌리는 능력이 있는 것 같다.

아들이 안쓰러우니, 그 옛날 아들 어릴 때 동네 형들에게 딱지 다 따먹혀 울던 짠한 모습이 떠올라 자연스레 아부지가 아빠가 되었다. 아.. 울 아들, 호~ 해주고 싶다.

저녁에 맛난 것 사들고 가 '시험 이야기 뺀' 즐거운 대화하며 소중한 시간 가질 요량이다.

얼마 전 아내와 막국수집에서 대화하다 아버지 이야기를 하던 중 '시리'가 아버지에게 통화연결을 했던 일이 있었다.

'엉??' 하던 차에 통화가 연결되었다. 5G 통신망 넘어의 아버지는 짐짓 설레어하셨다. 웃으시는 모습이 음성통화인데도 보였다.

보통 집에 전화할 일 있으면 '엄마'(나는 아버지는 아부지로, 어머니는 엄마로 부른다. 어머니와는 엄마라는 호칭으로 가깝게 있고 싶은 마음에..)에게 전화 걸어할 말 다하고 "아부지는?"으로 아버지와 잠시 연결될 뿐이었는데, 아버지에게 바로 전화한 아들이 생경하셨을까? 아님 기쁘셔서였을까? 그날, 아버지는 막내아들에게 '먼저' 전화를 받아 안부 여쭙는 아들을 접하기도 하고, 엄마에게 전화 돌려주는 '호사'도 누리셨다. 그래, 나는 불효자다. 그거 하나는 알겠다 싶었다. '이제, 아버지께도 전화 자주 드려야지.. ' 하던 차에.. 어쩜 내 아들놈들과 똑 닮은 나인가.. 생각하며 헛헛하게 웃었다.

점점.. 때 되면 자식들한테 전화 한 바퀴 주욱~ 돌리시는 울 엄마 마음도 알아가고, 전화 잘 못 걸어 아버지와 연결되는 아들놈들의 사정도 알게 되는 것 같다.

짧은 통화, 깊은 여운.. 할 수 있을 때, 주저하지 말고 소중한 이와의 연결고리 아낌없이 엮어봐야겠다.

돌아보면

보이는 것들

27

○ 유레카!

내 인생의 큰 선물이었다.

내가 대학에 입학한 것은 1998년이었다. 정릉동 국O대학교.

IMF의 광풍이 몰아치고 있던 때, 시절이 그러거나 말거나 나는 '오지게' 공부 안 하는 학생이자 주로 학교 앞 '땅 속 마을'* 에 서식하는 한량이었다.

'땅 속 마을'에서도 내 마음속 1번지, 그 맥주집이 '유레카'다.

그 시절 한참 방영 중이었던 '남자 셋 여자 셋' 속 권해효 배우가 주인장으로 있던 그 카페 마냥 대학 시절 '우리'의 아지트였던 그 집..

땅 속 마을에 들어서 술 주(酒) 자 쓰는 '주유소'(여기는 '레몬소주' 잘 말던 소주방)가 있던 골목을 지나 길 건너에 '있었다'.

분식집 건물 2층 유레카에 들어서면 청아하고 정확한 3박자 소리가 들려온다.

'콕. 콕. 콕, 콕. 콕. 콕' 하는 사장님의 '새우O' 드시는 소리.. 하나에 세 번씩 정확히 3박자로 그 사장님은 노래방 '새우O'을 그렇게 드시고 계셨더랬다.

아, 문을 열 때면 항상 들리던 여행스케치 6집(처음 타본 타임머신) 수록곡 "아~름답게~ 간직하~고픈~ 가~난했던 날 들~"하는 그 노래도 빼놓을 수 없다.

감(자밭) : "저 왔어요~"

사(장님) : "오늘은 좀 늦었네~ 그 학생들은 안 와?"

감 : "이제 곧 올 거예요~ 수업 일찍 끝나서 먼저 왔어요."

사 : "오늘은 눈이 온대서 준비를 했지.. 우리 집 벽난로 불 때는 거 아직
    못 봤지? 오늘은 벽난로 앞에 앉아.. 나무가 비싸더라고.. 그래도
    눈 나리는 날에는 벽난로지"

통성명 따위 필요 없고, 안부부터 묻는 우리 사이였다.

사장님이 출석체크하던 '그 학생들'은 내 친구 'K'와 나의 구(舊)
여친, 현(現) 깐부** 'J'양이다.

'K'는 기계자동차공학하는 친구였는데, 같은 과도 아니고 같은 동아리도
아닌데 '소개팅'을 매개로 알게 되어 늘 붙어 다니던 친구고 'J'양은
고등학교 때 만나 사귀던 내 여자 친구다.

놀라운 건 'J'는 우리 학교 학생이 아니었다는 것과 그럼에도 저녁
마다 아지트에서 나와 늘 함께였다는 것.

우리 셋은 특별한 일 없어도 늘 그 시간, 그곳에 함께였다.

그곳에서 만난 우리는 저녁나절을 지나 밤늦게 차가 끊길 무렵까지
'맥주 3천', 돈 없으면 '맥주 2천', 돈 없다가도 귀가를 포기하면
(차비를 과감히 투자하면) '맥주 3천'..

죽죽 마시며 얼마 경험도 없는 자들이 '살아가는 이야기'를 했다.

그렇게 자주 만나는데도 이야기 소재가 끊기지 않던 우리는, 지금
생각해도 참 신기한 사이다.

한참 지나 얼굴에 분홍 꽃 피어날 즈음 귓가에 들려오는 여행스케치
아저씨들과 객원 가수들의 목소리가 아련하니 기분이 좋았다.

이야기를 나누는 것도, 익숙한 그 선율에 취하는 것도 좋았다.

뭔 이야기를 그렇게 했는지.. 우리는 항상 당연히 해야 하는 '귀가'
여부를 논하는 시간을 가졌다.

친구 'K'가 천호동에 살았기 때문에 이 친구 차비면 술 한잔 더

할 수 있었으니까.

과감히 귀가를 포기한 날은 내가 속한 동아리방에서 쪽잠 자는 날이다.

(늦은 시각 문이 잠긴 학생회관 배관 파이프 타다 눈 마주친 경비 아저씨. 늦게나마 죄송합니다.)

내가 속한 동아리는 '현대과학(모던 사이언스)' 동아리였는데, 동아리 모토는 '해로운 술 담배, 남이 먹기 전에 우리가 먹어 없애자!'였고, '문송한' 내가 과학지식 하나 없이도 숙박업소로 잘 사용하던 공간이 되어 주었다.

사실 그 동아리, IMF 엄동설한에도 선배들이 술 잘 사준다 해서 뒤도 돌아보지 않고 가입했다. 1학년 말에 학교 방송국 기자로 잠시 픽업(?)된 적이 있었는데, 다시 이 동아리로 돌아올 만큼 마성의 동아리였다. 그렇게 우리는 '동방' 소파 위에서 눈을 뜨곤 했다.

유레카의 새우O 사장님은 사실 몸이 좋지 않으셨다.

당시에도 일흔쯤 되셨었는데, 중국에서 오랫동안 장사를 하시다가 요양 차 한국에 오신 참에 여동생 가게를 봐주게 되셨다고 하셨다.

유레카의 본래 사장님은 우리가 '여사장님'이라고 불렀던 분이 었는데, 새우O 사장님은 '카운터 사장님'이었던 셈이다.

'여사장님'은 '역발산기개세(力拔山氣蓋世, 산을 뽑을만하고 세상을 덮을만한)'의 여장부에다 목소리도 우렁찬 분이셨는데, 우리들에게는 한 없이 '츤데레'셨고 주로 '산을 뽑을 때'는 새우O 사장님이 몰래 술 드시다 걸렸을 때였다.

지금 생각하면 몸이 성치 않은 오빠에 대한 걱정이었겠지만, '같이 걸린' 나는 시선을 회피하거나 화장실을 경유한 후 다시 앉거나 이것도 마땅치 않으면 살기 위해 도주했다. 본능적인 위기의 순간.

늘 '같이' 걸리면서도 새우O 사장님은 내가 나타났을 때(출근 도장 찍을 때) 주위에 여사장님이 없다면 "(감)자밭아.. 중국 떼놈들 먹는 '쥐약'*** 한 잔 줄까?" 하며 안광(眼光)을 빛내시곤 했다.

나는 걸릴 때 걸리더라도 냉큼 받아먹고 보았다.

여사장님은 잘 모르셨지만 안 걸린 날이 걸린 날 보다 휠~씬 많았다..

가게에는 여사장님 외에도 '주로' 운영을 맡고 있었던 우리 학교 선배 누나가 한 명 더 있었다. 여사장님 따님이자 우리 학교 89학번쯤 되던 누나. 여기서 이 누나가 등장하는 이유는, 내가 그 집 알바생이 되었고 이 누나가 매장 매니저 역할을 했기 때문이다.

알바는 알바인데, 학교 마치면 가게에서 일하고 정해진 파트타임이 끝나면 그대로 벽난로 앞 '우리 자리'에 앉아 손님으로 변신하는 알바였다.

이른바 '그날 벌어 그날 먹기' 내지 '현지 조달'.

알바 마치면 매일 앉던 그 자리에 'K'와 'J'양, 내가 자연스럽게 이야기를 이어가며 늘 하던 '루틴'을 이어갔다.

매일 술 사 먹는 'IMF 시절에도 몹시 용감한' 학생들을 위한 '사장단'의 배려로..

밥벌이가 걱정되는 때가 오고, 사관학교 진학하고 군 생활해 오며 이래저래 20년도 넘게 훌쩍 지나버렸다.

할 일이 넘쳐나고, 힘에 부칠 때 나는 항상 그 시절 그곳에서의 추억을 떠올린다.

'야.. 그만큼 놀아재꼈으면 이 정도 일은 해야 맞는 거지..' 하며..

그 시절 추억이 같이 사는 'J님'과 술잔을 기울일 때면 안주가 되고, 이렇게 글 쓸 때면 글밥도 되고, 힘들어 포기하고 싶을 때 용기도 된다.

한 참이나 지나 그곳을 다시 찾았을 때, 깔끔히 리모델링된 건물에 그때 그 유레카는 없었다.

내 휴대폰에 저장되어 있던 전화번호도 '017'인 데다 없는 번호라니 연락할 방법도 없다.

지금은 새우O 사장님이 아직 건강하신지, 여사장님과 매니저 누나가 아직 정릉동에 사시는지도 알 수 없지만 언젠가 꼭 짧은 소식이라도 귓가에 들려왔으면 좋겠다는 생각이 간절하다.

그리고 '이렇게 살아갈 수 있게 해 주셔서 감사하다'는 말씀도 꼭 전하고 싶다.

'철없고, 대책 없이 용감했던' 푸릇푸릇했던 그 시절, 그곳에서 발견한 것은 '내 인생의 황금기'였다.

유레카!****

---

*   학교는 언덕배기에 있었고, 길 건너 학사주점들은 도로보다 아래에 위치해 있었기에 붙여진 이름

**   딱지며 구슬을 함께 관리하는 한 팀, 여기서는 내 월급 관리도 하고 우리 집에 같이 살고 있는 그 여인

***   지금 생각해 보면 아마 '연태고량주' 쯤이었던 것 같다

**** eureka, "알겠어, 바로 이거야"

○ 읽고 쓰는 서생(書生)으로의 회귀

태생이 서생(書生)이었다.

어릴 적부터 활자 하나, 문장 한 줄에 관심이 많았다.

아무도 내게 글 읽는 것이 무엇인지와 그 기쁨이 무엇인지에 대해 알려주지 않았지만 까까머리 중학생 시절 나는 글을 읽고 쓰고 있었다. 본능이라 해야 하나..

아무 이문 없는 그 행위에 밤을 지새우기도 했다.

중학생 시절 썼던 그 글들이 나름 읽혀 내 결혼식 주례를 봐주셨던 은사님께서는 으레 내가 '소설가쯤은 되었겠지' 하고 생각하셨다 한다. 소설가는커녕 현실 속에서 삶의 의미를 찾아보려는 필부가 되었음에 놀라 하셨던 기억이 있다.

어릴 적 나는 만날 지각을 일삼는 알 수 없는 '국민학생'이었다.

나는 학교 가는 그 길에서 유독 '개미'와 주변 미물들에 집착했다. 몇 시간 씩.

개미들을 보며, 흙이며 돌들과 풀들을 보며 머릿속으로 이야기를 엮다 보면 학교에 가는 일은 아련하게 잊히곤 했다.

1학년 1학기를 마쳤을 때 '배울 거 대충 배웠으니 학교를 그만 다니겠다' 선언하여 가족들을 아연실색하게 하기도 하고, 집 떠난 지 두어 시간이 지나도 학교에 도착하지 않는 '걱정이 앞서는', 손이 많이 가는 학생이었다. 그렇게 어렵사리 등교한 나는 동화책 하나 읽어도 단어 하나, 궁금증 하나하나를 선생님께 여쭤보고 내 생각을 말하기에 바빴다. 어렴풋한 그 기억 속 그 선생님은 잘 안 듣고 계셨다.(지금은 안다.)

누굴 때리거나 하는 비행이 없었음에도 어머니가 학교에 오시는 일이 간간히 있었는데, 2학년 때 담임선생님(잘 안 듣던 그분이다.)이 하셨던 말씀을 귀 너머로 듣고 아직 기억하고 있다. "어머님, 애가 좀 이상해요.." '이상'하다니.. 지금 다시 떠올리니 새삼 열 받는다. 어머니는 가만히 듣고 계시다 약간의 '돌려 까기 폭언'을 선생님께 하시곤 자리를 쿨하게 뜨셨다. 자꾸 불려 가시니 태도가 달라지긴 하셨지만..

4학년쯤 되었을 땐 개뿔 아는 것도 없으면서 담임선생님과 사회현상과 과학에 대해 토론하길 즐겼다.

지금 생각해 보면 그 '개소리'를 일삼던 국민학생을 어여삐 봐주셨던 주문진 출신 선생님께 배꼽인사라도 해야 할 판으로 부끄럽고, 또 감사할 따름이다.

그 선생님께서는 끝까지 다 들어주시는 것은 물론 방과 후까지 말이 길어지면 돈가스도 사주시는 열의를 보여 주셨다.

그런데 커가며 보니 '읽고, 생각하고, 글을 쓰는 행위'가 소위 우리가 말하는 성공한 삶과는 관계가 없어 보였다.

간혹 이문열 선생이나 박경리 선생처럼 성공한 작가들이 눈에 띄긴 헷지만, 나와는 관계없는 일처럼 느껴졌다.

집안은 가난하고, 내가 손에 쥐고 있는 것은 '아무것도' 없었다.

이 즈음 큰 실수를 하게 되었는데, 고등학생 시절 내가 '이과'를 선택하게 된 일이 그것이다.

수학보다 문학을, 과학보다 역사를 즐기는 내가 그즈음 남학생들이 으레 선택하는 이과를 택했다.

모르고 한 것은 아니고 이과를 가야, 공대를 가야 취직도 하고 돈을 벌기도 수월할 것 같다는 생각에서였다.

결과는 문과 전과. 이과반에서 완전히 문과반으로 옮기는 것이 안 되어 내 성적표에는 항상 반에서 '1등'으로 기록되어 있었다.

이과반에 속해 있으나 문과였고, 그 반에는 문과가 없으니 당연히 1등. 1/1이다.

혼돈의 도가니 속에서 대학에 진학했다. 서울 소재 00대 국사학과. 이름이 왜 사학과가 아니고 국사학과 인지도 모른 채 지냈다.

술 먹으며. 아주 진탕으로.

먹다 보니 불안해졌다. '아.. 뭐 먹고사나..'

뒤늦게 사관학교를 갔다. 4년제 사관학교에 가기에는 나이가 너무 많아 영천에 있는 2년제 편입학 사관학교인 육군 3사관학교를 갔다. 군인으로 임관하면 먹고사는 것은 걱정 없을 것 같다는 판단으로.

사관학교 생활 참.. 나와 맞지 않았지만 버텼다. 그 2년, 없던 인내심도 생기고 애국심 충만하여 졸업했다.

포병으로 임관했는데, 하루하루 참.. 어이없는(적어도 지금 내가 생각하기에는) 일상의 연속이었다. 두어 가지만 소개하자면..

어느 날 행정반에서 '국방일보'를 읽고 있었는데, 한 선배 장교가 지나가며 "야 요즘은 소위 새끼도 신문을 보네.." 하길래 농담인 줄 알고 피식 웃었다. 그랬더니 그 선배가 "웃어?"라며 차갑게 굳었고, 뭘 잘 못했는지 잘 모르겠지만 일단 "죄송합니다!!"를 연발했다. 또 어느 날은 연대 체육대회를 맞아 계주 선수로 뛸 준비를 하고 있는데, 또 어떤 선배가 다가와 '어쭈 발목 양말 신었네?' 하며 개념의 유무에 대해 내게 심각하게 묻기도 했다.

뭐 20년 가까이나 지난 일이라 지금은 볼 수 없는 풍경이지만 이 시절 난 참 많이 고민하고 힘겨워했었다.

그렇게 지내다 어느 날 포상(포병에서 포를 계류해 놓는 곳)에서 빈 포를 쏘는 훈련을 하다 하늘을 보니 헬기가 주기적으로 왔다 갔다 하는 것이 보였다. '아.. 저렇게 비행하는 조종사가 되면 죽어도 여한이 없겠다.. 적어도 가슴 답답할 일은 없겠지?' 하는 생각이 들던 찰나. 무심코 결심해 버렸다.

'비록 <문송>한 나지만 저 '조종사'라는 것 한 번 되어야겠다.'라고. 그날부터 늦게 퇴근을 해도 항상 새벽까지 공부했다. 조종사가 되기 위해서.

과하게 공부해서 육군항공학교 조종사 양성반에 1등으로 붙었다. 이럴 줄 알았다면 적게 공부하고 놀건데, 아쉬웠다.

그렇게 조종사 생활이 시작되었고, 장교인지라 비행도 했지만 많은 시간 참모업무며 각종 문서 보고 등 야근의 요정으로 살아가게 되었다.

그 기간 동안 인정받은 한 가지는 '비행을 참 잘하는 조종사야~'가 아니고 '보고서는 깔끔하게 잘 만드네'였다.

그렇다. 나는 아무것도 없는 '속 빈 강정 같은' 현상을 그럴듯하게 엮어내는 '스토리 텔링'의 재능이 있었다.

보고서도 이야기처럼 썼으니까.

그리 살다 적정 진급시기가 지나버린 고참 소령이 되어버렸다.

중령이 되지 못하고, 이제 전역 후의 삶을 준비해야 할 시기를 맞게 되었다.

보고서 잘 쓴다고 진급시켜 주는 게 아니었나보다.

이리저리 어렵고 힘든 과정 '버티고 버티다' 보니 여기까지 다다랐고, 돌아보니 참.. 허무했다.

'왜 참고 살았나?', '무슨 영화를 보려고 그랬던가?' 하는 회환이 없다면 거짓말이다.

다 내려놓고 다시금 '말단의 조종사'로 돌아와 출근하던 첫날 나무며, 출렁이는 바다(여기는 동해안이다), 풀꽃들이 눈에 띄었다.

책장에 켜켜이 먼지 쌓인 내 책들(그간에도 책을 간간히 읽었으나, 한 5년 내에는 먼지만 쌓이고 있었다.)을 다시 꺼내 읽고, 생각하며 지내는 시간들이 늘어났다.

읽는 기쁨, 쓰는 기쁨을 다시 느끼게 되었고 더 이상 무언가 꾸역 꾸역 참지 않아도 되었다.

그저 읽고, 느끼고 그것을 쓰는 일이 행복함을 먼 길 어리석게 돌고 돌아 이제야 다시금 느끼게 되었다.

그래서 이 순간도 읽고, 쓰고 있는 참이다.

어릴 적 글 읽고, 쓰는 것에 재능이 있었을지 아닐지 모르지만 참 미련하게도 너무 돌고 돌고 쓸데없는 인내심 발휘하며 살아왔던 것 같다. 이리 좋은 '책 내음'을 잊고 지내다니..

다시, 책 읽고 쓰는 서생(書生)으로 돌아가려 한다.

쓰려고 마음먹으니 돌부리 하나 풀꽃 하나 새롭다.

내 글이 얼마나 읽히는 것은 부차적인 문제이고, 이제 나를 찾아가는 여정의 하나, 읽고 또 쓰려한다.

중학생 때 'XT 컴퓨터'와 '도트 프린터'로 쓰던 그 글들의 오래된 연장선으로 오늘, 다시 한 자 한 자 마음에 새겨 간다.

서생(書生)의 삶은 날 때부터 정해지는 거다.

이리 돌고 저리 돌아도 사람 참 안 변한다.

○ 아빠 아버지 아부지

나에게 '엄마'는 처음부터 '완성형'이지만(어머니라 부른 적이 없다),
아버지의 호칭은 '진행형'이다.
우리 아버지는 내가 어릴 때는 '아빠', 중학교 무렵부터 성인이 되
었을 때까지 '아버지', 지금은 '아부지'다.
'아빠'는 내가 태어나기 이전부터 '광부'셨다.
어릴 적 기억 속 아빠는 시커먼 작업복 입고 방금 샤워를 마친 비누
냄새에 담배향이 좀 나는 사람이었고, 어떤 어린이에게든 있는 그런
아빠라 여기고 살았다.
간혹 아빠 없는 친구들이 있었지만 이 시절 나는 그런 일은 깊게
생각하지 않았다. 아빠의 존재는 당연한 것이라 여겼다.
그때의 나는 수염 거친 아빠에게 볼 비비며 살갑게 뽀뽀도 하고,
찌찌도 만지고, 장난감 사달라고 조르기도 하며 지냈고, 그때의 '아빠'는
살가운 가족이자 믿음직하고 든든한 보호자였다.
내가 중학교를 들어가고 한 두해 지나고 보니 '아빠'는 어디 가고
우리 집에는 '아버지'가 '계셨다'.
아버지는 우리 가정 경제를 책임지는 분이셨고 퇴근하고 소주잔을
곧 잘 기울이시는 분이셨는데, 그 뒷모습은 늘 '축 처진 어깨'였다.
이 무렵 아버지는 '석탄산업합리화'라는 것 때문에(이때는 그게 무슨
의미인지 나는 잘 몰랐다) 광산들이 줄줄이 도산하여 광부 일을
더 이상 하실 수 없게 되셨고, 우리 가족은 서울로 이사를 하게
되었다. 아버지는 가구점에서 가구 배달하는 일을 하게 되셨다.
내가 고등학생이 되고, 대학에 진학할 때(그 무렵 아버지는 가구

배달일도 힘에 부쳐 그만두시고 마을버스 기사가 되셨다)까지 나와 아버지는 그분의 호칭만큼이나 거리감 있는 사이가 되었다.

힘든 노동을 하는 아버지가 그저 '가정 경제를 책임지시는 분'인 줄은 알겠는데, 뭐 크게 관심 없었다. 아버지의 축 처진 어깨와 그 이유에 관해...

나는 나의 세상을 새롭게 그려 나가기에 바빴다. 아니, 그런 고상한 생각을 하며 내 머릿속 세계에 갇혀 있었다. 내 손에는 워크맨, 내 귓가에는 'Nirvana'.

대학에 가서는 밤새 술 퍼 마시는 아들이었고, 종종 아버지를 피해 다니곤 했다.

새벽에 이른 출근을 하시는 아버지를 비틀거리며 마주친 그날 이후로.

사관학교에 진학하여 정신을 잠깐 동안 바짝 차렸을 '02년 ~ '03년까지도 '아버지'셨다가 내 뱃살이 1인치씩 늘어감을 느낄 때, 얼굴에 '뽈살'과 '두 턱'이 생겨날 즈음.. 아버지 생신을 맞아 문득 '아부지' 하고 부르는 나 자신을 발견했다.

돌아보니, 아담한 노인이 생일 케이크를 '호~'하고 불고 계셨다. 헤어스타일은 카푸치노 수도승 스타일(속이 빈)..

용돈이며 선물드리면 좋아하시며 "느그 엄마 돈 주지 마라. 엄마한테 돈 주믄 나 한텐 안 쥐~"라고 농도 하시고 젊어서 곧 잘 드시던 소주도 끊으신 할아버지, 맛난 생일상도 고기 몇 점 드시면 그만 이신 노구의 그 할아버지 말이다.

요즘 아부지가 여기저기 고장이 나셔서 병원 문턱이 닳도록 들락 거리신다.

스텐트도 하시고 방광 종양 수술도 하시고, 뭐 종합병원이 따로 없다.

우리 '아빠'는 씩씩하고 힘센 사람이었는데, 우리 '아버지'는 힘이 들어도 가정 경제를 책임지는 멋진 분이었는데, 지금의 '아부지'는 어느새 노쇠한, 자식들이 돌보아야 하는 분이 돼버리셨다.

아부지는 젊은 시절 가족들 건사하시며 얼마나 힘이 드셨을까?

탄광 막장에서 수많은 동료들이 사고로 목숨을 잃을 때조차 폭파용 탄약을 들고 수백 미터 갱도를 내려가셔야 했을 때는 또 얼마나 두렵고 무서우셨을까?

홀로 소주 들이키시며 삼키신 괴로움은 또 얼마나 될까?

아들놈 대학 갔다고 좋아했더니 '술 쳐 X고' 동네를 뺑 둘러 자신을 피해 돌아다니는 모습을 보면서 무슨 생각을 하셨을까?

내 아이들 기준으로 아직 '아빠'인 나도 벌써 삶의 무게에, 사람 대하는 어려움에, 희망하는 것들의 좌절에 아프고 버거운데, 아이들 잘 못 챙기고 있지는 않나 하고 늘 노심초사하는데..

무엇보다, 우리 아부지도 나처럼 아버지가 처음이셨을 텐데..

마흔 넘어 뒤늦게 느끼는 '동지애'에 가슴 먹먹하다..

○ 감정의 재발견

어릴 적 아버지를 관찰하며(그래, 이건 관찰이라는 게 맞을게다) 느낀 게 있다.

아버지는 무표정하거나, 거의 대부분의 시간 동안 '그저 그런 상태'였다는 것.

가족과 함께 여행을 가도, 모처럼 삼겹살 함께 할 때도.

광산에서 광부 일을 하시던 아버지는 갑반, 을반, 병반 이렇게 3교대 근무를 하셨는데, 어느 때가 되었건 퇴근하시면 밥상에 앉아 큰 대접에 냉 보리차 한 대접 들이키시고는 말없이 밥술을 뜨셨다.

술도 잘 안 드셨고, 물론 말씀도 없으셨다.

가끔, 아주 가끔 "핸도이(내 이름이다. 경상도식..) 오늘 뭐 했나?" 하고 아들 동향에 살짝 관심을 표하는 정도.

이 이상의 대화나 표현은 없었다.

나는 생각했다.

'우리 아부지 사는 게 별로 재미없으신가 보다..'

엄마가 경상도 남자 말도 없고, 재미도 없고, 고집도 세다고 '혼잣말'로 다 들리게 투덜대시는 것은 많이 봤다.

'엄마는 1948년에 이북에서 태어나셔서(Made in N.P.K.R) 피난길에 강원도 조금 사시다 대전에서 줄 곧 자라셔서 경상도 출신 남자랑 잘 맞지 않는 건가..' 하고 생각했었다.

일흔을 훌쩍 넘기신 아버지는 지금도 말씀이 없으시다.

지금은 가끔 우리 엄마를 놀리는 재미를 살짝 느끼신 것 같은데,

그나마도 얼마 없다.

대부분은 '서부영화' 보시거나 '그냥' 계신다.

얼마 전 아버지 생신 때에도 생일 케이크에 꽂힌 어마 무시하게 많은 초를 부실 때 살짝 미소 지은 거 말고는 내내 '그냥' 계셨다.

시간이 흘러, 내가 어릴 적 아버지를 '관찰'할 때의 아버지 나이가 되었다. 아니, 지금의 나는 그보다 좀 더 나이가 많아졌다.

이젠, 나도 가끔 '그냥' 있다.

'아무것도 아닌 날들'을 보내고 있기 때문이 아니라, 어찌어찌 그리 된다.

본래 밝은 성격인 나는 대체로 이것저것 농을 치거나 주변 사람에게 관심을 표하며 많은 시간 보내고, 특히나 아내에게 장난치는 낙으로 살지만.. (최근에는 아내에게 '침샘미인'이라 놀려 요즘 아내가 밥도 덜 먹고 뛴다) 혼자 있을 때면 '그저 그런 상태'로 '그냥'있는다.

어려서는, 또 20 ~ 30대에는 '그저 그런 생태'를 참지 못했다.

시간을 낭비하고 있다거나, 인생이 재미없어지는 것 같아 참지 못했다.

'기쁨', '슬픔', '분노', '환희', '즐거움' 등 어느 카테고리가 되었든 우리가 '알고 있는' 감정의 상태가 아닌 어느 불특정 상태에 놓이는 것을 피했다.

이제.. 전구가 쨍하고 켜지 듯 무언가 알 것 같다.

그 '불특정'한 감정 상태에 대해서.

무표정으로, '그저 그런 상태'로 '그냥' 있는 것이 아무 생각 없이, 그리고 아무 느낌 없이 생을 흘려보내고 있는 시간만은 아니라는 것을 말이다.

딱히 우울하다거나 슬프거나 한 것도 아니다. '그냥 있음'에 평안함을 느끼고 있을 뿐.

마흔 넘어 새로운 감정을 발견했다.

'그저 그런 상태에 그냥 있음'이라는 감정, 또는 그러그러한 상태.

아무 생각이 없는 것도 아니다.

오히려 골똘히 무언가 생각하고 있고, 때론 피부를 스쳐가는 바람도 느끼고 햇살이며 풀내음도 느끼고 있는 상태다. 그저 머리로 알고 있는 '감정의 카테고리들'에서 벗어나 있을 뿐.

어쩌면 '그냥' 있는 이 시간이 내 주변을 오롯이 피부로 느낄 수 있는 소중한 생의 경험이라 느낄 때도 있다.

생각해 보니, 그 감정의 카테고리라는 것들도 결국 누군가에게 배우거나 읽거나 해서 알게 된 것일 게다.

우리, 가끔 세상이 정의해 놓은 감정의 카테고리에서 벗어나 '멍~'하게 있어 보기로 하자.

해보니 평안하고 좋더라.

'그냥' 한번 있어 보자.

○ 두부 한 모

아내와 나는 2005년 5월 15일 스승의 날에 중학교 은사님의 주례로 결혼했다.

96년 겨울에 만나 9년간의 연애를 했고, 그 시간을 지내며 나는 아내와의 결혼은 언젠가 해야 할 일이라 당연스레 생각했다.

결혼했을 때 내가 육군항공학교에 조종학생으로 있었기 때문에 주말부부 (조종사 교육을 받는 동안은 영내 생활을 해야했다) 였고 애틋한 마음에 만남 자체가 소중했다.

주말마다 아내와 알콩달콩 지내는 것이 낙이었다.

군대 생활이, 조종사 생활이 한 해 두해 쌓여가고 내 계급이 대위가 되었을 무렵 나에게는 일종의 직업병이 있었다.

그때는 몰랐지만, 그 직업병 내지 몰이해가 조금씩 내 결혼생활에 문제를 만들고 있었다.

퇴근하면 바로 저녁식사를 할 수 있길 바랬고, 집안은 정돈이 잘 되어 있었으면 했다.

하지만 살다 보면 어찌 생각만큼의 만족을 다 누릴 수 있겠는가..

이사가 잦다 보니 미쳐 풀지 못한 짐이 다음번 이사 때 그대로 다시 짐이 되어 실리는 경우도 있었고 씽크대에 쌓인 설거지가 눈에 띄어 기분이 상하기도 했다.

퇴근 전 미리 전화를 했음에도 제 때 차려지지 않는 저녁 상도 마뜩잖았다.

아내에게 잔소리를 하기도 하고 속으로는 '나는 밖에서 죽을 둥 살 둥 고생하는데, 이 사람은 도대체 하루 종일 무얼 하는 걸까?'

하고 생각하기도 했다.

모처럼 쉬는 날이면 마치 군대 내무검사 마냥 트집 잡으며 '집안이 정리가 안되었네', '전업주부면 어느 정도는 해 주어야 하지 않나?', '도대체 밥은 왜 정해진 시간에 주지 않는 거야?' 하며 그 아까운 시간을 언쟁으로 소모해 버리기도 했다.

감정의 골은 날이 갈수록 깊어졌다.

나는 아내를 이해 못했다. 아내도 나를 이해하지 못했다.

어느 휴일, 집에서 쉬고 있었음에도 설거지도 돕지 않고 쓰레기도 안 버려주고 빈둥대며 휴대폰으로 이것저것 검색하다 우연히 이런 문구를 보았다.

'당신의 손 위에 너무도 소중한 두부 한 모가 있다고 생각해 보라. 남에게 빼앗기기 싫어서, 완전한 내 것으로 만들기 위해서 손을 꽉 쥐어버리면 어떻게 되겠는가? 그 두부는 손가락 사이로 다 빠져나가 사라져 버릴 것이다.'

그 글을 처음 접했을 때, '뭔 호랑말코 같은 소리람'하고 넘겼다. 며칠이나 지났을 즈음 부대에서 비행훈련을 마치고 밀린 보고서를 타이핑하다 문득 그 문구가 떠올랐다.

뭔가 조금씩 이해가 되는 것 같았다.

내가 그 어리석은 짓을 하고 있는지도 모른다는 생각이 들었다.

늦은 퇴근 후 주위를 둘러보았다. 가만히..

아내는 둘째 녀석과 곤히 잠이 들어 있었고, 집안은 아이 장난감이며 저녁 식사였을 아이 음식 조각들이 널브러져 있었다.

그런데 그날은 그 모습이 언짢지가 않았다. 딱했다.

'내가 무슨 영화를 보려 이러고 사나.. 가족들은 바쁘다는 핑계로 귀가가 늦고 집에 와서는 아무것도 안 하는 남편, 아빠를 어찌 바라보고 있을까? 나에게는 잘못이 없을까? 나는 지금 바른 길로 가고 있는 것일까?'

그날 이후 한동안 가만히 지켜보았다. 내 손위에 놓인 소중한 두부 한 모를.

얼마간의 시간이 지났을 때 내 눈에 그동안 보이지 않았던 모습들이 보이기 시작했다.

아내가 하루하루 살아내는 나날은.. 낯선 타지에서 친구 하나 없이 외로이 내 아이를 키우고, 늦게 퇴근한 남편은 집안일을 지적해대고, 어떤 날은 동료들과 술잔을 기울인다고 새벽까지 집에 오지도 않는 남편을 기다리는 날들의 연속이었다.

가만히 보고 있자니 보이기 시작한 아내의 나날이 뒤늦게 가슴 아팠다. 살아온 타성이 있어 얼마간의 연습이 필요했지만, 조금씩 노력했다. 잔소리라도 줄이고, 아내 말을 들어주는 시간이 조금씩 생겨났다. 아이들을 안아주고 볼에 뽀뽀해 주었다.

지금도 뭐 딱히 자상한 남편은 아니라고 나 스스로 생각하고 있지만 설거지라도, 음식물 쓰레기(음쓰), 생활쓰레기(생쓰) 버리기라도 하고 있다.

정리가 안되어 있는 것이 있으며 한 번씩 내가 먼저 치운다.

너무 늦었고 너무 무심했지만 조금씩 조금씩 아내에 대한 몰이해를 걷어 나가고 있는 중이다.

사랑한다 말하고(사실 너무 많이 한다고 가끔 핀잔 듣는다), 안아주고, 들어주려 노력한다.

남편을 전적으로 지지하고 이해해 주고, 무엇보다 지치지 않고 내

곁을 지켜 준 아내의 모습이 사랑스럽다.

키 작은 아내 곁에 다가가 손 뼘 재기하며 "한치 두치 세치 네치 뚜꾸빵~ 뚜꾸뚜꾸 빵빵" 노래하다 혼나고, 옆구리 살 집으며 "그 래도 나중에 살 집은 있네 허허.."하다 또 혼나고.. 뽀뽀 자꾸 하다 혼나는 오늘의 일상이 내무검사나 해대던 그때의 '이 대위' 삶보다 즐겁다.

오늘, 내 소중한 두부 한 모 손에 올리고 조심히 아끼며 살아간다.

○ 악연(惡緣)

어릴 적에는 참 훌륭한 사람이 되고 싶었다.

훌륭한 삶은 '성공'해서 모두의 '우러름'을 받는 사람이 되는 것이라고 생각했다.

이제와 생각해 보니 그 '성공한 사람'이란 것은 이 세상에는 애초부터 없는 것이었다.

놀랍도록 뒤늦은, 그래서 더 놀라운 발견이다.

아니, 이제 와 느끼는 뒤늦은 소회(素懷)다.

살다 보니 알게 된 사실은 모두가 '어설피 살고 있는 중생(衆生)'일 뿐이라는 것.

살다 보면 누군가가 무척이나 성공한 듯 보이고, 그 삶이 내 삶의 지향점이 될 수 있겠다는 생각이 들 때가 있게 마련이다.

나에게 그가 그리 보였다.

나는 누구보다 얼른 성공하고 싶어 숨도 쉬지 않고, 단 한 번 의심 갖지 않고 그 방향으로 뛰었다.

흔히 말하는 '잘 나가는 이'를 맹목적으로 좇다보면 잘 모른다..

그 길, 막다른 골목일 수도 있다는 것을.

'성공'이라는 것을 하고 싶었다. 그리하여.. 모든 것을 그 성공이라는 것에 '가까운' 이 들에게 채널(주파수)을 맞추면 성공할 수 있을 것이라 생각했다. 힘들고, 어려운 그 과정 그리 버텨냈다.

혹 너무 버거울 때는 나 보다 처진 이들을 보며 입가를 씰룩였다.

못 따라오는 사람, '우리'의 방식을 이해 못 하는 사람들을 내가 터득한 그 방식 그대로, 다른 사람들을 열등하다 여기고 살아왔다.

이것은 그간 살아온 내 삶의 고백이다.

'세상에 누가 저런 어처구니없는 삶을 살까?'라고 생각했던 내가 겪어 낸 이야기다.

흔한 드라마를 보며 '야, 누가 저리 어리석게 사나? 제 한 몸 불타는 줄 모르는 저 불나방처럼 어리석게 말이야.'

어리석게도 내가 욕했던 그대로. 그렇게 살았다.

아니, 그리 살고 있는지 조차 모르다 한참의 시간이 흐르고 나서야 알게 되었다.

오늘, 지난 악연(惡緣)으로 참 힘이 들었다.

그 이가 나에게 한 모든 행위에 몸서리쳤다.

그리 힘들게 지내던 오늘, 귓가에 들려온 그 이의 처참한 실패.

몹시 달았다.

그이의 실패가 너무 달아서 '껔껔껔' 웃었다.

웃다 보니, 조금은 억울한 헛헛함이 몰려왔다.

적어도. 그에게 정서적으로나마 동조한 시절이 분명 있고, 그의 성공에 취해 나는 누구보다 앞장서 그의 방식으로 뛰었으니까.

나 보다 못하다 생각한 이를 우습게 여긴 시간이 분명 있었으니까.

한 때, 나는 그의 동조자(同調者)이자 협력자(協力者)였으니까.

돌아서는 내 입맛이 썼다. 혓바닥을 스치는 돌덩이가 까칠거렸다.

처음에는 알 수 없는 헛헛함으로, 깊은 생각 뒤에는 '자책(自責)'과 후회(後悔)로...

바람이 지나가길 기다린다...

나의 어설픔, 그 어설픈 동조와 뒤 늦은 후회가 이 바람에 씻겨 나가길..

이 악연(惡緣)의 버거움을 걷어 낼 수 있기를...

그러나 결국, 악연(惡緣)도 인연(因緣)이다.

그래서 이 아픈 시간 그저 바람맞으며 속절없이 보내고 있다.

내 곁에 있는 어느 누구도 이 헛헛함의 원천을, 이 어리석음에 대한 자책을 이해할 수 없다.

나는 오늘, 내 악연(惡緣)의 실체를 목도하였고, 또 그리하여 슬프다.

누군가 한 없이 욕하고, 일갈(一喝)하고 싶은 마음이지만 나의 어리석음에 더 깊은 회환이 밀려온다.

지금, 그이와 무채색 털실로 엮여 있는 내 팔목이 몹시 욱신거린다.

나이 마흔 불면 혹하는

○ 시간 부적응자

 이제 보니, 세상의 주인은 사람이 아니라 '시간'이었다.
주말, 아버지 생신이 있어 홍천 누나네에 다니러 갔었다.
코로나인지 중국발 우한독감인지 모를 역병 때문에 몇 해 동안 보지
못했던 아버지, 엄마, 그리고 식구들을 보니 한껏 기분이 좋았다.
뭐랄까.. 오랜만에 살아 있는 것 같았다고나 할까.
행복의 기본 조건은 '인간(人間)', 사람과 사람의 관계다.
보고 싶던 이들과 만나면 그래서 행복하다. 그래서 식구들과 모처럼
함께한 그 밤 너무도 행복했다.
맛난 음식이 있어 행복했던 것이 아니라 사람과 사람 사이의 행복에
맛난 음식들이 가미되었다랄까 하는 생각도 해 보고, 이 시간이 영원
하길 바라는 지극히 인간적인 생각도 했더랬다.
'꿈'처럼 행복이 흐르는 순간이었다.
식구들과 이런저런 이야기 도란도란하다 또 식구들과 살 부비며
오랜만에 느껴보는 기분 좋은 비좁음을 느끼며 잠이 들었다.
눈을 떠 또 도란도란, 두런두런... 정신을 차려보니 돌아오는 차 안,
터널 속이었다.까만 터널 속을 달리는 내 차 안에서 멀리 바라 보
이는 터널 밖이 어쩌면 시공간을 가르는 얇은 막처럼 느껴졌다.
저 출구를 나가면 이 시간도 이제 '안녕'이겠지.. 그저 지나는 길인
그곳이 자못 낯설었다.
터널 출구를 나와 식구들과의 행복의 시공간에서 일상의 시공간으로
돌아왔다. 그래, 돌아오고야 말았다.
돌아오니 또 이곳은, 이 시간은 익숙함이며 일상이다.

저 끝은 이 시간과의 단절일까?

멀지 않은 어제의 그 시간이 또 과거가 되었고, 그리움이 한층 또 생겨났다.

이미 흘러간 시간을 그리워하는 나는 어쩌면 '시간 부적응자'다.

영영 적응이란 것을 할 수 있을지 정말 모르겠다는 생각이 들었다. 지금껏 단 한 번도 시간의 흐름에 아쉬워하거나 그리워하는 것을 멈춰 본 일이 없으므로. 과연 죽음이라는 계절을 맞이하게 될 그때에도 나는 시간이라는 존재에 적응을 할 수 있을지 영 자신이 없다. 아니, 그런 일은 없을게다.

시간의 흐름을 자연스럽고 덤덤하게 받아들이는 일이 내게는 영 어려운 일이지만, 주변을 돌아보면 또 덤덤히 지내는 이들이 없지는 않은 것 같다.

'아무것도 아닌 날들'을 살던 언젠가의 나도 그랬던 것 같기도 하다.

바쁘다는 핑계로 꿈처럼 흐르던 그 시간과 느낌들을 그야말로 덧

없이 흘려보냈었다.

그래, 비록 나는 시간부적응자지만, 치열하고 가열차게 그리워한들 지나간 시간들이 돌아올리 만무하지만..

그리워하는 행위에라도 진심으로 매달려 보아야겠다.

지난 시간을 더 열심히 추억해야겠다.

잠자리를 준비하며 엄마의 거칠어진 손, 아버지의 강퍅(剛愎)하고 고집스러운 주름들 사이에 아련히 피어나던 수줍은 미소, 식구들의 경계심 한 조각 없는 미소들을 추억했다.

시간부적응자는 오늘도 지난 시간을 추억함에 열심히다.

아쉽게도 그뿐이다.

○ 너는 언제 꽃을 피울래?

"너는 언제 꽃을 피울래?"
언제인가 모셨던 지휘관과 사석에서 술잔을 기울이다 들었던 질문이다.
나는 그 말 뜻이 무엇인지 몰라 되물었다.
"무슨 말씀이신지 잘 모르겠습니다." 이내 그분은 "너는 어느 계급쯤해서 소신을 펼칠거냔말야.. 너, 꽃은 한 번 피면 지는 거 알지?"
너무나도 신선하고 다소 충격적인 질문이었다.
군인이, 아니 어느 조직에 있든 '소신'을 밝히기가 그토록 어렵다는 것을 의미하기도 하고, 또 그 '소신'이라는 것을 밝히려면 일정 수준이 되어야 한다는 말도 되고, 어느 선 까지가 너의 '임계점'이냐는 말도 되는 질문이었기 때문이다.
나는 생각했다. 그런 질문에 대한 답을 생각해 본 일이 없었기 때문이다.
"뭐.. 기왕이면 너 이제 그만해야 될 때가 온 거 같다 할 때까지, 가급적이면 가장 늦게 꽃을 피우는 게 낫지 않을까 싶습니다."
가장 높은 계급까지 갈 수 있다면 그때, 아니 꽃이 피면 져야 한다고 하니 늦게 꽃 피운다 하면 꽤 높은 계급이 될 것이다라는 의지 표시도 될 수 있겠다 싶어 이렇게 답하려다 번득 무언가 떠올라 좀 달리 답했다.
"그런데.. 다년생 식물은 매년 꽃이 피지 않습니까? 매년 꽃 피우고 싶습니다."
기분 좋게 훈계 겸 인생선배로서 조언의 말씀을 전하려던 그분의 의도에 반했는지 그분은 마뜩지 않은 표정으로 "아니.. 그게 아니라.."하며 조곤조곤 조직의 위계와 그에 따른 처신, 그리고 어떻게 하는 것이 '정답'인지에 대해 말씀하셨다.

지금 생각해 보니 헛웃음이 나온다.

뭐가 그리 호기로왔는지 말이다..

책을 읽다 '적산온도(積算溫度)'라는 말을 보았다.

적산온도라는 것의 사전적 의미는 [작물의 생육에 필요한 열량으로, 생육 일수의 일 평균 기온을 적산(축적) 한 것]이라고 한다. 쉽게 말해 '일정 온도가 되지 않으면 꽃은 피지 않는다'라는 의미.

'꽃이 피려면 온도를 저금해야 한다' 정도로 풀어낼 수 있겠다.

그래.. 꽃이 피려면 '온도를 저금'해서 일정 수준 이상의 온도를 모아야 한다. 그래야 꽃이 핀다.

나의 내공이 부족해서, '저금'이 부족해서 꽃 한번 못 피운 게 아닐까 하는 생각이 들 때쯤, 아쉽다거나 허무하다거나 하는 복잡한 감정이 들었다.

'누구나 돌아보면 8할이 아쉬움이고 후회일 테니까'하고 생각도 해보고, 이리저리 이런저런 생각들을 알사탕처럼 오물거리며 하루를 보냈다.

그러다.. 떠올랐다.

나는 예전 그 질문에 '다년생 식물'이라 답하지 않았던가.

그리고.. 그 꽃이라는 것이 꼭 계량화된 사회적 성공이라는 관념도 너무 진부한 것이 아닌가..

내가 아쉬워하고 '후회'라는 것을 군이 해야 한다면 꽃을, 그러니까 '계량화된 꽃'을 피우지 못했음이 아니라 '어떤 꽃을 피울 것인가?'를 정하지 못한 점, 그리고 설령 올해 꽃이란 것을 피우지 못했다고 하더라도 다음 해에 피우면 된다는 깨침이 없었다는 것이 되어야 한다.

지향 없는 아쉬움과 후회에 매몰되어 있었다는 것이 본질이 아니었을까.

꽃을 피우지 못한 다년생 식물은 '온도를 저금하지 못해서' 내지 '아직 봄이 오지 않아서'이니 봄이 오면 될 일이고, 아니면 '다년생'이라는 축복을 안고 태어났으니 내년에 꽃 피우면 그뿐이다.

애초부터 나는 꽃 한 번 피우고 스러져야 한다는 구태(舊態)를 인정한 바 없으니 말이다.

일단은 기분 좋게, 기대감과 소망을 담아 '어떤 꽃'을 피울지부터 곰곰이 생각해 보아야겠다.

매년 다른 꽃이 되어도 좋고, 시시각각 모양과 향내를 바꿔가는 기깔난 꽃을 피워도 좋겠다.

날이 춥다. 꽃샘추위인가 보다.

꽃샘이 꽃샘인 것은 '곧 꽃이 피니 샘이 나서 반짝 몰아치는 추위'여서가 아니던가.

○ 16년, 그곳을 다시 찾은 시간

고작 제주도. 16년 전 처음 그곳 여행을 떠났을 때 내 머릿속에
떠 오른 느낌은 '고작'이었다.
신혼여행인데, 남들처럼 유럽이나 하와이, 괌으로 떠나지 못한 아
쉬움이 컸다.
하는 일이 바쁜 것도 있었고, 아무짝에 쓸모없는 그 '눈치' 때문에..
아무도 가지 말라는 말은 하지 않았지만 스스로 절제한 그 선택이
지금까지의 내 밥벌이 생활에서 가장 후회되는 일이다.
그 시절, 아무렇지 않게 해외로 신혼여행 가는 사람도, 심지어 개인
여행으로 해외에 가는 사람이 없지 않았는데, 왜 나는 '쓸데없이
바람직한' 선택을 했을까?
내 아내는 참 무던히도 제주도 신혼여행을 받아 주었더랬다.
다시 그곳을 찾는데 걸린 시간은 또, 16년이다.
스위스 융프라우 정상에서 먹는 '신라 라면'이 그리도 맛나다는데..
프랑스 파리의 그 유명한 관광지들 가보면 참 지저분하고 별 거
없다던데.. 하는 이야기를 또 '이야기'로만 들으며 16년을 흘려보
냈다.
어느 날 아내의 가쁜 목소리(일단 뭔가 흥분되는 일이 있을 때 내
아내의 목소리는 가쁘다)가 수화기 너머로 들렸다. "여보 우리 성당
자매님들하고 양양공항(우리는 지금 양양에 산다)에서 비행기 타고
여행 가는 이야기하고 있는데, 한 번 가볼까? 나 가도 돼?"
'가도 되지 이 양반아.. 그거 뭐라고..' 속으로 생각하며 흠칫 놀랬
다. '여행..? 이야~ 여행?'

얼마간 시간이 흐르고 아내에게서 또 전화가 왔다. "여보.. 혹시 여보도 갈 수 있으려나? 제주 가기로 했어. 여보가 가도 된다 했잖아..." 그때, 그 여행이라는 것에 '나'도 포함될 수 있다는 것에 놀랍기도, 알 수 없는 떨림을 느끼기도 했다.

그래. 나도 한 번 가보자. 푸르메* 가 살고 있는 곳!

육지에서는 볼 수 없는 '제주도 나무(야자수)' 있는 그곳으로!

일정을 다 잡고 나니 우리 직장 보스께서 내가 제주 여행을 계획한 그 기간에 윗 분들이 오신다는.. 참.. 거시기한 내용을 얘기해 주었지만.. 뭔가 아련한 게.. 내 귀엔 들리지 않았다.

또, 일정을 맞추려다 보니 근무며 대기를 좀 화끈하게 당겨서 해당 기간에 확실히 여행을 갈 수 있는 '여건 보장'을 할 필요가 있었다. 그때부터 여행 갈 때까지 집에 몇 번 못 들어갔다.

그래도 즐거운 마음은 추운 날 발그레 한 아이 볼 마냥 감출 수 없었다.

오랜만에 느껴보는 '자기의 일을 스스로 하는' 역동적 내 모습...!

그렇게, 제주행 '플라이 강O'에 몸을 실을 수 있게 되었다.

큰 결심 했지만 바다를 화끈하게 건너지는 못하고 '바다 조금 건넌 <해외> 제주도'...

제주행 비행기 안에서.. 조종사인 내가 촌스럽게도 무서움을 느끼고 있었다.

남이 해준 밥은 맛나지만, 남이 조종하는 비행기는 무서운 것인가...

아내가 운전하는 차 옆자리에서 있지도 않은 가상의 엑셀이며, 브레이크를 밟고 있는 나처럼.

한 시간여가 지나 도착한 제주에서 하루 전 제주에 넘어와 계셨던 신부님과 만나 갈치며 회덮밥 즐겁게 비워내고 '이시돌 성지'에서 십자가의 길도 걷고 목장에 노니는 '제주도 말'도 보았다. 아쌈 (awesome)한 아이스크림을 '제주도 바람' 맞으며 맛보았다.

녹차 키우는 'O설록' 지나 숙소에 짐 풀고 '제주도 돼지' 먹는 식당에도 갔다.

역시 소주는 제주 '한O산 21도', 고기는 '제주 돼지'다. 그 시간부터 난 그리 생각하기로 했다.

한 잔 두 잔 비워내는 소주잔, 우리는 너 나 할 것 없이 '오랜만에' 찾은 자유를 만끽하며 속 깊은 이야기, 살아가는 이야기를 한 것 신이나 떠들었다.

같이 간 자매님들(우리 성당 다니는 아이들의 엄마, 항상 일에 치여 사느라 바쁜 남편들의 아내들)의 마스크 속 해맑음을, 볼 빨간 자유를 그곳에서 볼 수 있었다.

이후 도착한 숙소에서는 각자 숨겨놓은 끼를 폭발시키며 얼마 전 전역하고 트로트로 '날리고' 있는 가수의 '한잔해~'를 목 놓아 열창했다.

동행들과 내 마음속의 알 수 없는 실타래와 묵은 아쉬움들이 시원한 '제주 바람'에 날려 없어지는 것만 같은 '해방의 시간'이었다.

다음 날 아침, 전 날의 여운이 남아 돌덩이처럼 무거운 머리를 베개에서 힘겹게 떼어내고 숙소 근처 '섭지코지' 해안으로 나가 '성산 일출봉'을 보았다.

걸어가는 동안은 '아이고 머리야.. 뭐 꼭 여길 봐야 하나..' 생각했다.

"사진은 '성산 일출봉'이지!" 라며 먼저 떠들고 다니는 내 모습의 발견할 때까지는.

그 시간부터 난 사진은 '성산 일출봉'이라 생각하기로 했다.

속풀이 라면을 파는 '덜떨어진 친구네 라면집'(상호를 밝힐 수 없어 아쉽다)에서 극강의 미각 행복을 누리고 (낮술도 한잔하고) 자매님들이 노래 부르던 '브런치'집에서 빵이며 맛난 커피를 마셨다.

제주의 산림욕 명소 '절물 자연휴양림'에서 산책하며 제주 '삼O수'의 유래와 효능을 알게 되고, 코 끝을 간지럽히는 숲 내음에 힐링의 시간을 만끽했다.

그러다 숙소 잡고 마주한 '천당의 계단'(정확한 이름을 밝히지 못해 역시 아쉽다)..

천당의 계단

한 계단 한 계단 소중하게 즈려 밟다보니 '코알라'가 되었고, 어느새 '노랭이 통닭'을 손에 들고 숙소로 향했다.

속 깊은 이야기, 살며 느낀 아쉬움과 스트레스, 아이들 이야기 등등..

제주의 푸른 밤이 그렇게 채워졌다. 밤을 지나 새벽까지..

누군가에게는 너무도 흔하디 흔한 경험일 게다.

제주에 여행 한 번 다녀오는 일은.

하지만 나에게는 그간의 보상이자 이제는 나도 이런 시간쯤 누릴 수 있다는 '마음속 허락'이었다.

무엇 때문에 그렇게 망설이고, 뒤로 미루기만 했을까?

이제 '노빠꾸'다.

가족들 손 잡고 스위스 그 높은 산에서 '신라 라면'도 먹어보고, 괌이며 허와이(하와이라는 발음은 촌스럽댔다)도 가고 하면서 많이 비어 있는 내 삶의 빈 캠버스를 채워 나가야겠다.

오순도순 식사하며 '그때 거기서 그랬지'하는 시간들을 채워 나갈 것이다.

* 푸르른 한 순간을 함께해 주신 신부님, 자매님들께 이 글을 바칩니다.

---

* 푸르메(푸르매) : <제주도의 푸른 밤> 원곡을 부른 들국화 멤버 최성원 씨가 당시 제주도에 살고 있던 지인의 딸인 '김 푸르매'가 살고 있는 곳이라는 뜻으로 쓴 표현. 최성원 씨에 따르면 '푸르메'가 아니고 '푸르매'이며, 지금은 나이가 서른도 훌쩍 넘은 분이라고. 놀랍다.

○ 불혹 혹하는 나이 마흔

공자께서 예수님이 태어나시기도 한 참 전에 말씀하시길 "마흔 쯤 되면 '세상 일에 정신을 빼앗겨 갈팡질팡하거나 판단을 흐리는 일이 없게' 된다"했는데, 이거 나에게는 맞지 않는 말인 것 같다.

가슴에 손을 얹고 요즈음의 나를 되돌아보면 '세상 일에 정신을 쏙 빼앗기고 갈팡질팡하며, 무엇보다 판단이 아주 흐린' 상태니...

대선 후보의 학교 선·후배나 지인이 경영하는 '테마 주'가 뜬다고 어디서 주워듣고 관련 주식을 홀랑 사기도 하고, 양양 낙산이 뜬다는데(지금 아니면 늦는다는데) 하는 소리 듣고 신축 숙박시설에 투자를 하기도 했다.

살다 보니 나름 경험이 좀 쌓였다고 '감으로 때리는' 일들도, '카더라 통신'에 연신 귀를 쫑긋거리기도 한다.

마흔도 훌쩍 넘겼는데, 과연 내 행동과 생각들의 어느 면면이 이즈음의 나를 '불혹'이라 칭하게 할 수 있을지. 참 자신이 없다.

오히려 서른 즈음이나, 패기 넘치던 20대 때가 지금 보다야 훨씬 주관 있고 강단 있었지 않았나 싶다.

지금의 나는 살랑이는 바람이 옷깃을 스치기만 해도, 누군가 카더라 통신으로 귓가에 살짝 '후~'하고 바람 넣으면 곧바로 '혹'하는 얼추 중년의 아저씨다.

여느 때처럼 비행을 마치고 항공기를 정리하면서, 'Remove before Flight!' 태그를 연료 주입구 옆으로 늘어뜨리며 문득 무언가 떠올랐다.

내 옆구리 바지춤 어딘가에도 이 태그가 늘어뜨려져 있는 것 아닌가

하는 생각이.

조종사들은 그날의 비행을 마치면, 다음 비행을 위해 헬기 연료 주입구 옆에 'Remove before Flight!' 태그를 잘 보일 수 있도록 내려놓는다. 직역하면 '비행 전에 제거하시오!'다.

이 태그는 여러 장비에 꽂히지만, 연료 주입구 옆에 늘어뜨려져 있을 때의 의미는 '케어가 필요한, 준비가 되어 있지 않은 항공기'라는 의미이다.

1. 연료가 없다. 비행을 하려면 연료를 채워 넣어야 한다.
2. 정비, 점검이 필요한 항공기다.

Remove befor Flight TAG

나도 여기까지 달려오면서 연료도 다 써버리고 이것 저것 점검하고, 정비해야 하는 상태가 되어버린 것은 아닌지? 그래서 내 옆구리에도 'Remove before Flight!' 태그가 있는 것은 아닌지?

마음속 '헛헛함'과 '갈증'을 해소하고 무언가 알 수 없는 '공허함'을 채우기 위해 이것저것 마구잡이로 끌어들이고, 여기저기 기웃거리며 '혹'하고 있는 것은 아닌지 말이다.

'꽉 찬 영혼'은 '불혹'할 수 있다.

이미 진중하고 균형 잡혀 있는데, 이미 갖추어진 것들이 많은데 굳이 무언가 채워놓을 필요가 없기 때문이다.

이미 한 번의 비행을 마친 항공기가 다시금 창공을 가르려면 연료를 다시 채워 주어야 한다.

이륙을 하려면 '점검'을 하고 '정비'를 마쳐야 한다.

내 옆구리에 있는 '태그'를 떼어내려면 나 스스로도 연료를 채우고, 점검하고 정비해야 한다.

무의식 중에 느끼고 있는 돈이나 명예에 대한 결핍은 원한다고 한들 당장 채울 수도 없고, 채우고 채운들 만족할 수도 없는 것임을 나는 잘 알고 있다. 현실적인 어려움과 한계도 잘 안다.

그것들의 속성이 원래 그러함을 알면서도 정신 줄 잠깐 놓치면 잊게 되니(아니면 애써 외면하는지도)..

흐트러질 때마다 마음 다잡고 글로, 생각과 사유(思惟)로 마음속 빈 연료통 채워나가는 '현명한' 노력을 해 보려 한다.

다시 시작한 읽기, 쓰기를 통해 느끼고 있는 이 '충만함'의 경험으로.. 켜켜이 쌓아 나가다 보면 어느덧 내 마음속 빈 연료통도 충만해져서 '혹'하지 않는 내가 되어 있지 않을까.

'연료 충만, 점검 완료' 상태가 되어 'Remove before Flight!' 태그 떼어 버리고..

그래, 다시 한번 날아보자!

○ 익숙함을 벗는 일

새벽에 '딩동' 소리에 문득 집어 든 휴대폰에 적혀 있는 글자들을 보고 오늘이 내가 사관학교 정문에 발을 디딘지 20년이 되는 날이라는 것을 알았다.

실눈으로 언 듯 본 동기생의 문자 내용을 몇 초간 응시하다 다시 눈을 감았다.

20년.. 나는 무엇으로 살았던 것일까? 젊다 못해 앳된 그때의 나를 마주하는 것이 '익숙한 일'은 아니었다.

나는 마음에 드는 옷이 있으면 한동안 그 옷만 입는다.

왠지 편안함과 무던함이 느껴지는 옷들, 내가 보기에 나에게 어울리는 옷들을 접할 때면 '이거 한 열 벌 사서 매일 입어야겠다.'라고 생각하며 말이다.

아내가 "너무 한 가지 옷만 입는 거 아냐? 교복이네, 교복."라고 말할 때가 있을 정도로...

그럴 때면 "아니, 피부야 피부." 하며 응수하곤 하는데, 나라는 사람 원래 그렇다. 익숙함과 편안함이 멋들어짐 보다 항상 먼저다.

20년간 걸어온 그 익숙함을 되내어 보니, 그 첫 만남은 꽤나 대면 대면하고 어색했던 것 같다.

맞지 않는 군복, 뒤꿈치 까질 듯한 그 전투화며 기계처럼 돌아가는 사관학교의 첫인상은..

군복에 몸을 맞추고, 전투화를 길들이고, 내 생각과 행동들을 규율에 맞추다 보니 어색함이 익숙해졌다.

모르는 사이에 조금씩.. 시나브로..

시간의 흐름은 맞지 않던 군복을 '피부'가 되게 했고, 군복은 굳이 내가 열 벌씩 사놓지 않아도 매일 입는 옷이 되었다.

그렇게 '익숙함'을 맞이했다.

익숙한 옷을 입고, 익숙한 곳에서, 익숙한 일을 치열하게 해 내며 살았다. 때론 달고, 때론 쓰고, 한동안은 또 아팠다.

뒤를 돌아볼 겨를 없이 내달리다 보니 '헉헉' 숨이 차오르는데, '이 길에는' 더 갈 곳이 없다.

요사이 '정년'이라는 단어, '연금'이라는 단어를 말할 때가 많아졌다. 동시에 '이제'라는 말과 '어떻게', '뭘'하는 단어들을 입밖에 자주 내게 된다.

그렇게 '익숙함을 벗는 일'을 해야 할 때가 내게 다가왔다.

익숙함이 다가왔을 때처럼, 모르는 사이에 조금씩..

그래, 시나브로..

당장 어제 먹은 저녁 메뉴도 굳이 떠올리지 않으면 잘 기억나지 않는 요즘, 내 '다음 익숙함'이 무엇일지 가늠이나 할 수 있을까?

지향하는 바는 있으나, 20년 전 그때처럼 무언가 확실하지만은 않은, 내 눈앞 이 뿌연 '안개'를 마주하는 일은 어색하다.

'아빠'가 이런 말 하면 안 되는 일이지만, 사실 좀 두렵다.

어릴 적 어머니가 말씀하셨다.

"너 옷 안 갈아입으면 병난다. O희야(누나) O동이(감자밭) 옷 갈아 입혀라~!"

그래 갈아입자.. 뭐가 내게 맞는 옷이고 무엇이 나를 새로운 익숙함으로 안내할지 아는 바는 없으나, 한번 골라 입어 보자.

익숙함을 벗는, 그 일을 해야 할 때가 다가왔으므로...

○ 우리가 사랑하는 이유

사는거 뭐 별거 없다마는, 예전부터 느낌적인 느낌으로다 알고는 있었다마는 요즘들어 '나도 참 별 볼일 없다'라고 느낄 때가 많다. 문득 궁금하다. 별 볼일 없는 나를 우리 식구들은 왜 뭐 볼거 있는 것처럼 봐 줄까..

인★그램 뒤지다 뜻밖의 깨달음을 얻었다.
"우리 애기 응가통에 응가하고 쉬하고 너무 이뻐^^"
어느 부모의 사랑 고백..

그렇다.
사랑이란 똥싸라고 만들어준 통에 똥만 싸도 이뻐 보이는 그런 것이었다.

순간 식구들에게 더 사랑받고 싶어 똥을 야무지게 한번 잘 싸볼까 했다마는, 태생이 꼼꼼하고 몹시 똑똑한 나는 똥을 싸야 이뻐 보이는 것만은 아니라는 것을 간파하였다.
인간의 몸을 가졌으나 혈중 알콩 농도로 인하여 굳이 사족보행을 해도, 밥 잘 먹고 똥만 잘 싸도, 바라보니 좀 난해한 얼굴생김에 헛웃음이 나오고 그 김에 뱃살도 '안녕'하고 옷 사이로 삐져나와도 우리는 사랑하는 것이었다.
어릴적 엄마는 내가 지* 옆차기를 해도 진심으로 화내지는 않으셨다.
밥 안먹으면 불 같이 화를 내셨드랬다.

아들놈이 좀 모자라도 그 입구녕에 밥술 들어가야 이쁘니까.
그 모습을 보아야 안심이니까.
사랑이라는 그 '바라 봄' 말이다.
서로 바라 보는 그 행위와 그래서 느껴지는 그 안도감과 행복함..
내 사랑하는 이들이 거기, 내가 바라 볼 수 있는 그곳에 있어줘서,
숨 쉬는 매 순간 내 머릿 속에 있어 꺼내 볼 수 있어서.

숨 쉬기 운동들 잘 하고, 오래도록 서로 바라 볼 수 있기를..

○ 굵은 발목

시간이 날 때면 아들과 남대천변을 뛴다.

내가 지금까지 군 생활하면서 느낀 바 있어 아들에게 권한 군 특성화 고등학교 입시 준비차 뛰는 것도 있고, 아들과 무언가 함께해 본 것이 없다는 것을 또 깨달아하는 것도 있다.

나랑 아들은 둘 다 잘 못 뛴다.

나야 군 생활하면서 매년 '생명 연장'해야 하니 그나마 '생계형 뜀걸음' 수준 정도 꾸역 꾸역이지만..

아들은 아직이다. 아직 뭐 또래만큼이나 뛰는지 잘 모르겠다.

오늘은 같이 뛰다 아들이 발목과 무릎이 아프다고 섰다.

다그치고 싶은 마음은 없지만, 아쉬움은 있었기에 언뜻 돌아보니 칠부바지 아래 아들의 그 발목이 굵다. 나처럼.

굵은 발목의 의미를 나는 누구보다 잘 안다.

그 발목, 무엇을 하든 발목을 잡을 발목이다.

뛰어도 뜀걸음 실력이 잘 늘지 않을 발목이고, 공을 차도 남보다 잘하기 힘든 발목이며, 잠시라도 운동을 쉬면 비만이 찾아오고, 운동 실력을 뒷걸음치게 하는 그런 발목이다.

화가 났다.

뛰다 서버린 아들이 아니라 그 발목을 넘겨준 내게.

남들보다 뛰어난 머리를 물려준 것도 아니고, 도베르만처럼 으르렁 대는 근성을 물려준 것도 아니고, 내가 겪었던 일을 또 겪게 하고야 말 핸디캡을 물려준 사실을 목도하니.. 속이 시끄러워졌다.

아쉬움은 아니다. 단전에서부터 차오르는 분노다.

어릴 적 나는 '깍두기'였다.

깍두기가 뭔지도 모를 시절부터 동네 또래며 형들에게 나는 깍두기였다.

시골 사는 순박한 아이들 사이였으니 그나마 깍두기라도 해 먹었을 것이다.

놀이를 하면 운동 잘하는 둘째 형과 나는 1+1=1으로 놀이에 끼었었다.

깍두기의 좋은 점은 놀이에 끼워준다는 것이고, 나쁜 점은 어디에 끼었는지 본인도 모를 만큼 존재감이 없다는 거다.

그런 깍두기가 군대에 이리 오래 붙어 있을지 누가 알았겠는가?

초임 장교 시절에는 배려심 많은 병사들이 인사이드로 밀어주는 볼에 발을 가져다 데는데 급급한 수준이었고, 테니스며 족구 등등 뭐하나 잘하는 것이 없었기 때문에 날마다 찾아오는 체력단련 시간이 고역이었다. 근 20년 동안 말이다.

힘은 세서 1년에 한 번 할까 말까 한 체육대회 씨름에 출전하는 것 외에 운동으로 내세울 것은 정말이지 단 하나도 없었다.

업무능력은 좀 부족해도 운동 잘하는 동료들이 윗분들과 '하하호호' 하는 모습을 보며 참 부러워했더랬다.

때론 운동 잘하는 이들이 가볍게 내뱉은 것들이 내 마음에 화살이 될 때도 있었다.

집으로 돌아오는 내내 티끌만 한 사소한 일상에서 조차 결핍과 분노를 느껴야 함에 일종의 좌절감 비슷한 감정을 맛보았다.

깍두기의 삶에 적응하는 법을 가르쳐야 하는 것일까?

아니면 수준을 높여보라 다그쳐야 하는 것일까?

날 때부터 금수저를 물고 태어난 사람, 절대음감을 타고나 TV 속

명 연주가의 손놀림을 그대로 따라 할 수 있는 사람, 안 배워도 뻥뻥 공을 내지를 수 있는 사람, 아니 그저 평범함의 범주에 있는 이들에게 조차 부러움과 질투가 느껴졌다.

그리고 이내 나의 그 질투심에 또 부끄러워졌다.

산다는 것이 늘 불공평하다는 진리를 깨친 지 오래지만, 그것을 겪어 내는 일은 늘 아프다.

곰곰이.. 나지막이.. 생각을 가다듬는 시간을 얼마간 가졌다.

그래, 뛰자. 똑같이 생겨먹은 아빠와 아들, 할 수 있는 일이 마르고 닳도록 뛰는 것 밖에 없다면 그리 하자.

물려준 것이 없으면, 짐이라도 나누어 짊어지자.

가다가다 못 이루어 내면, 아빠와 함께 노력했던 기억이라도 심어주자.

그 기억이 내가 그리 했던 것처럼 꾸역꾸역 버텨내는 힘이라도 줄 수 있도록.

그래, 하는데 까지 해 보자.

"아비가 되어 미안하다."라는 사극 대사가 떠오르는 것이야 어쩔 수 없지만, 끝끝내 이런 패배의 말은 하지 않을 테다.

억울해서 못하겠고, 그 말이 화살이 되어 아들 마음에 꽂힐까 못하 겠다.

대신 "그래도, 함께 할 수 있음에 감사해."라 말해 주겠다.

○ 생존형 낙천주의

갈등(葛藤)이라는 말은 '칡과 등나무'라는 뜻이다. 범위를 넓혀보면 '일이나 사정이 서로 복잡하게 얽힘'이 되고, 더 넓혀 보면 우리가 알고 있는, '견해 차이, 이해 차이로 인한 충돌'의 뜻을 꺼낼 수 있다. 어쩌다 두 식물의 이름을 붙여 놓은 낱말이 '충돌', '다툼'의 의미가 되었을까..

똑같아서다.

둘이 똑같으니까 싸우는 거다.
칡도 등나무도 무엇이든 닿으면 휘감는 성질을 갖고 있다.
그래서 뒷산의 칡과 등나무는 오늘도 서로를 감아대서, 서로를 옥죄여서 결국 풀어낼 수 없는 파국으로 치닫고 마는 것이다.

의미로 가득 찬 세상은 버겁다.

더구나 부정적인 사인(sign, indication)들이라면 더더욱.
아침에 눈을 떠 저녁에 잠들 때까지 내 안을 시끄럽게 가득 채우는 모든 것들이 다 '의미'다.
그리고 사람은 누구나 그 의미들을 나에게 결부시킨다.
이를테면, 길가다 자그마한 돌부리가 발끝에 차이기라도 할라치면 '아.. 웬 돌멩이가.. 오늘은 일진이 좀 사나우려나?'라고 생각하는 식이다.

시간이 얼마간 흘러 뭐 좀 마음에 들지 않는 상황이라도 만난다면 아까의 그 의미는 증폭되기 마련.

부정적 사인으로 시작된 부정적인 마음에 누가 말이든 표정이든, 아니면 불특정의 아니꼬움을 내게 보낸다면 이제, 시작된다.

그 '갈등'이라는 것이..

서로를 탐색하다 기회를 엿보아 상대가 숨을 못 쉬게 감아버린다.

서로 똑같은 방법으로, 똑같은 악의를 품고.

그래, '똑같아서 생기는 파국이 갈등'이라는 것을 서로 다투어 증명이라도 하듯이 말이다.

한동안 그 갈등이라는 것에 거부감이 없었던 것 같다.

살며 경험한 대다수의 갈등 상황에 '내가 정당하다'라는 생각이 항상 앞섰으니까.

그리고, 갈등이라는 것도 나의 논리와 전투력으로 얼마든지 이겨낼 수 있다고 믿었으니까.

참 많이 다투고, 참 많이 으르렁대던 시간을 보냈다.

지금이라고 내 감정과 나를 둘러싼 '의미'들, 특히나 부정적 의미와 사인들에서 자유로운 것만은 아니다. 하지만 도망갈 방책은 하나 찾아냈다. '짬바'랄까..

'생존형 낙천주의'

똑같으니 싸우는 것이고, 똑같으니 갈등이다.

그래서 돌아가기로 했다.

상대가, 상황이 나를 감아 옥죄이려 하면 살짝 피한다.

그리고 '우쭈쭈'성 동의 내지는 '결의에 찬 존경의 눈빛'을 흘리며 튄다.

여기서 마무리 지으면 내상(內傷)이 남을 수 있으니, 긍정의 마인드 컨트롤 시간을 잠시 갖는다.

'착한 생각.. 착한 생각..' 단순한 게 또 사람이니 금방 또 잊힌다. 그리 한 겹 두 겹 쌓는 노력을 하다 보니 지금은 제법 낙천주의자다. 현실은 시궁창이고, 나도 눈이 있으니 모르는 바가 아니나 안들 무엇 하고 , 또 그것에 의미를 더해보아야 무엇이 바뀌겠는가..

아픔의 이유는 명백하다. 알고 있기 때문에..

그래, 너무도 잘 알고 있기 때문이다.

그 아픔의 원천과 그 전개 과정, 그리고 나의 행동과 반응들이 그 아픔을 어떻게 증폭시킬지를 너무도 잘 알고 있기 때문이다.

아프기 싫어 오늘도 돌아가는 길을 택한다.

모기에 물리면, '아.. 참.. 힘들게 산다.. 이거라도 빨아야 너도 사는 거겠지..'한다.

복권도 투자라 생각하며 두어 장 사고는 '낙첨입니다.'를 확인하는 순간.. '그래.. 너는 나에게 설레임을 주었어.. 오늘도 "열심히 일하시오"가 당첨되었으니, 그리 해야겠구먼!'하고 생각하기로 한다.

갈등할 시간에, 세상에 무수히 가득한 부정적 의미들과 아픔의 시간에 함몰되느니 내 안으로 난 길, 나만의 은밀한 다락에서 '착한 생각.. 착한 생각..'하는 게 낫다.

가성비 높은 감정 컨트롤이다.

가진 것 없으니 감정이라도 가성비 있게 아껴본다.

아껴보니 또 '긍정'이라는 이자도 붙더라.

○ 섭섭로(路)

'섭섭하다'라는 우리말은 '아깝다'나 '안타깝다' 보다는 크고, '노엽다'나 '분하다' 보다는 작은 말이다. 나아가 이 단어는 외국어로는 좀처럼 번역하기 어려운 표현이다.

섭섭하다를 어느 나라 말로 우리가 알고 있는 느낌 그대로 번역해 낼 수 있겠는가?

섭섭함의 느낌은 이 글을 짓고 있는 나와 읽고 있는 그대가 이심 전심으로 느낄 수는 있되, 말로 구체적으로 표현할 길 없는 표현이다.

지금 우리 머리에 떠오르는 그 '감정' 말이다.

우리 생(生)의 길에서 곳곳에 널려있는 것이 이 섭섭함이다.

뜻한 바 이루지 못해 섭섭하고, 내 맘 몰라주는 이에 또 섭섭하다.

곱씹어 보면 우리 삶 속에서 기쁨의 영역(행복, 즐거움, 환희 등)을 제외하면 절반이 섭섭함이다.

인간의 감정은 시간의 흐름에 따라 '기억'으로 치환되게 마련이므로, 생을 되돌아보면 기쁨의 영역에서 남는 것은 '추억', 반대편에 남는 것은 '섭섭함의 기억'이다.

'분노', '노여움', '슬픔', '외로움' 등은 신기하게도 시나브로 '섭섭함'에 수렴하게 마련이니까.

이 땅에 숨 쉬는 이들에게 무소유를 일깨워주신, 구체적으로는 무소유를 통한 삶의 기쁨을 알게 해 주신 법정스님의 숭고함에서도, 귀에 에어팟 꽂고 고급차 타는 풀소유 그 '스'(스님이라 하기엔 좀 그런 그 양반)가 멈추면 비로소 보인다던 그 행복의 비결에서도 늘상 설파하는 것은 '바라지 않는 마음'이다.

76

'바라지 않는' 것이 생의 고통이 발원하지 않게 하는 비책이라는 것은 어쩌면 진리일지 모른다.

찬찬히 곱씹어 보면 섭섭함의 그 모든 순간, 섭섭함의 전제는 항상 '바람'이었다.

그래, 바라는 게 있으니 섭섭하더라.

○ 그러거니의 계절

바다는 짜고 그 속에 살던, 내가 자주 먹는 생선회는 슴슴함과 한점 고소함이다.

어릴 적 나는 바다에서 한바탕 놀고 나면 피부가 푸석푸석해지거나 하얀 소금기가 버짐처럼 피어나 싫었다.

또 우리 아이들은 아빠가 자주 먹는 생선회가 '아무 맛이 안 나서' 아직 잘 못 먹는다.

어린 시절 하느님께 기도드릴 때면 주로 이런 기도를 많이 했다.

첫째는, "이 세상 모든 마귀와 악마를 없애 주세요'.

둘째는, "세상 모든 물들을 따뜻하게 해 주세요".

첫 번째 기도는 세상 모든 악한 존재가 사라져 세상에 선함만이 가득 차 행복하길 바랐기 때문이고, 두 번째 기도는 물놀이 참 좋아했던 내게 차가운 냇물이나 계곡물, 바닷물은 늘 한 점 아쉬움이었기 때문이었다.

이제는 안다. 바다가 짜니까 그 소출인 소금으로 인해 우리 식탁이 풍요롭고, '시원한 바닷물, 냇물, 계곡물'이 있기에 우리에게 여름내 '피서'라는 즐거움이 있다는 것을.

거기에 더해 '선에게 있어 악은 필연' 임을..

선과 악은 서로 없으면 이 세상에 존재할 수 없는, 색으로 치면 '보색'이니까.

지금까지 살아온 내 생의 계절들을 돌아보면, 어린 시절에는 '호기심의 계절', 20대에는 '호기와 의욕의 계절', 30대에는 '과로, 피로, 분노의 계절'이었다.

이제 마주한 계절은 '그러려니'의 계절이다.

지난날의 아쉬움도, 괴로움도 아직은 다 벗겨내지 못했으나 그것들이 내 생에 꼭 필요한 것이었음을 고개 끄덕임으로 인정할 수 있는 계절을 맞이했다.

시나브로 벗겨지고 멀어지는 회환과 후회, 아쉬움들을 '인정'하기 시작한 나와 내 주변 공기들 말이다.

마주했을 때는 버겁고 힘들었던 일도, 슬프고 아팠던 기억도, 가끔 꺼내 보면 속 아린 안타까움도 모두가 다 그만의 역할과 가치가 있었음을, 그래서 오늘의 내가 이러한 모습으로 두발 딛고 세상을 마주하고 있음을 깨닫게 되었다.

'그러려니'의 계절은 한결 산뜻하고 마음 가벼운 계절이다.

뭐든 '그러려니', '다 무슨 이유가 있겠지'할 수 있는 계절이니 말이다.

다만 부작용이 있다면 맛난 음식을 마주하면 이 음식들이 내 앞에 놓일 때까지 겪었을 희생과 노력들이 보이고, 멋진 인생을 살아가는 이를 보면 그가 겪었을 고통과 고뇌의 시간들이 느껴진다는 정도.

요사이 무척이나 마음이 가볍다.

계획했던 일이 맘처럼 쉽게 풀리지 않아도, 갑작스럽게 안타까운 경우를 당해도 기쁨과 슬픔의 간극은 예전만 못하다.

당장 내일도, 아니 한 시각 뒤도 모르는 게 당연한 나라서, 오히려 그래서 기대하거나 셈법 복잡한 계산기를 두드리지 않으니 한결 산뜻하다.

언제까지일지 모를 이 계절이 끝나갈 즈음에는 보다 아름다운 평화와 온유의 계절이 찾아오리라 믿어본다.

어차피 어찌 될지 모르니 그렇게 생각하기로 한다.

언젠가는 여러 계절을 지나 온 우리 아이들도 나와 함께 짠물에서

난 소줄에다 소주 한잔 즐겁게 나눌 수 있는 때가 오겠지.
그들도 '아무 맛없던 것이 슴슴한 고소함의 매력이 있었다는 것'을
알게 되는 그때가 오겠지.

'그러려니'의 계절 한가운데 서서,
오늘도 나는 조용히 스쳐가는 이야기들을, 장면들을 줍는다.

○ 해우소에서 문득

사람이 신을 믿어야 하는 이유를 화장실에 급히 엉덩이 올리고 깨닫게 되었다.

예고 없이 찾아온 '급변사태'를 맞아 위기에 봉착했을 때 문득 '아ㅅㅂ 똥마려'하고 내뱉은 내 입과 상황을 고려치 않은 내 발걸음 (회의 중이었다), 급한 발걸음 가로막은 익명의(봐도 누군지 모른다 이런 때엔) 사람을 재끼고 뛰는 나의 모습을 화장실 1개 사로를 오롯이 품고서야 비로소 알게 되었다.

아.. 사람은 똥만 마려워도 본성이 나오는 그런 존재구나..

덧없다.. 지난날의 수양과 인내..

신께 의탁하여 선하게 살게 해 달라 청하는 수밖에.. 급변에도 약해지는 우리가 박해 속 목을 내어 놓는 순교자가 되게도 해 주시는 분이니까 그분이..

일을 마쳤으므로 이만 나가 볼까 한다.
한결 온유한 사람이 되었다.

겨울이었다.

○ 2020 원더 키디

어릴 적 보았던 TV 속 만화에는
2020년대에는 날아다니는 자동차와
인간과 다름없는 로봇들이 활약했었는데,
우리의 2020년대는 역병이 창궐하고
트로트가 유행하더라..
어째.. 이번 삶은.. 생각보다, 기대보다
엄청 익숙하다..
점심에 30년 전부터 먹던 푸라면 삶아 볼까 한다.

Carry on

○ 삶이라는 동전 던지기

한 가지 상상을 해 보자.

어느 날 문득 눈을 떠보니 시장통 야바위꾼 앞에 앉아 손에 동전 한 닢 쥐고 있는 그대를.

앞면은 '좋은 것, 뒷면은 '안 좋은 것'... 한 번 던져 나온 결과는 " 앞면".

그대는 야바위꾼에게서 '좋은 것'을 얻었다. 약간의 '상금'과 '다시 한번 배팅할 기회'를.

동전 '앞면'의 결과로 그대는 '기쁨'도 얻고, '상금'도 얻었다. 그리고, 한 번 더 배팅할 기회를 가졌다.

내가 지금까지 살아오면서 알게 된 결과, 삶이란 이런 건가 싶다.

대체로 적으면 한 50년, 길면 100여 년 그 동전은 앞면만 나온다.

(아쉽게도, 어떤 이는 던지자마자 '뒷면'이다)

일반적인 경우, 앞면이 나올 때마다 '기쁨'도 얻고, 무엇보다 한 번 더 던질 수 있는 기회를 얻는다.

그 '기쁨'의 부상은 '성취', '사랑', '가정', '화목', '평화' 등 다양 하다.

또, 어떤 이는 '기쁨'을 얻어야 할 그 시간 알 수 없는 이유로 '절망', '슬픔'을 느끼며 하루하루 '살아내는' 경우도 있다.

이쯤 해서 한 가지 묻자.

어제도, 그제도, 그리고 기억도 안 날 그 전부터 앞면만 나오던 그 동전이 오늘, '뒷면'이라면?

매일을 당연스레 '앞면'이었던 그 게임의 결과가 마음의 준비 없던 어느 날 돌연 '뒷면'이라면?

그대는 초연히 그 '뒷면'이라는 결과를 받아들이겠는가?

아쉽게도 '선택'은 그대의 몫은 아니다...

내가 설정한 이 이야기 속 그 동전의 앞면은 '삶'이고, 뒷면은 '죽음' 이다.

인생에서 가장 확실한 것은 '죽음'이다.

생각해 보면 그 '죽음'이라는 것이 있어 오늘의 '삶'이라는 것이 있다.

동전의 뒷면이 나오지 않아야 '앞면'의 결과를 얻을 수 있다는 말이다.

나아가 '악'의 필연이 '선'이며, 남의 이득이 나의 '손실과 상실', 나의 이득이 '남의 아픔'이다.

그리고 무엇보다 그 모든 가치판단은 물론, 받아들이고 그렇지 않고 또한 나는 결정할 수 '없다.'

세상이 이리 생겨먹었다면 나의 선택은 이러하다.

오늘도 아침에 눈을 떠 오늘 야바위 결과가 '앞면'임에 안도하고, 그 하루 주어진 상금과 부상에 집중하는 것.

'기쁨', '즐거움', '가족과 함께함', '행복' 등 내 상금과 부상을 잊지 않고 챙기려는 노력 말이다. 경험해 보니 이 상금과 부상은 내가 안 챙기면 그 누구도 챙겨주지 않더라... '죽음'도 확실하지만, '결정권이 없다는 것' 또한 확실하다.

그리하여 오늘도 나는 그 '결정권' 있는 분께 기도하고, 풀꽃이며 나무, 바람과 바다, 주변 모두에게 '인사' 한다.

그리고 그 모든 것 오롯이 '느끼려고' 노력한다.

내일 또 '인사'할 수 있을지 없을지 난 모르니까.

오늘 내 상금은 잊지 않고 꼭 챙겨야 하니까.

누군가에게 말했듯이, 나는 매일 아침, 그리고 순간순간 내 심장이 '한 번 쉴 법도 한데 쉬지 않고 열심히 뛰는' 이 하루하루가 신기하고, 또 감사하다.

그리하여 감사한 것이고, 그리하여 또 행복한 것이 아닐는지...?

피조물의 하루가 또 저문다.

내일 손에 쥔 동전은 또 '앞면'일지 기대하면서..

○ 생(生)의 톱니바퀴

가족들이 코로나 19 밀접 접촉이기 때문에 사무실에서 격리생활을 하고 있는 것도 벌써 수일째다.

일요일 오전, 주변을 둘러보니 아무도 없기에 잠깐 건물 출입문 쪽에 나가 모처럼의 햇살을 맞았다.

따사롭다. 따뜻도 아니고 뜨듯도 아닌, 봄의 시작에서만 잠시 누릴 수 있는 호사(好事)에 행복했다.

2022년, 시작된 지 얼마 안 된 올해.

벌써부터 다사다난(多事多難)하다.

나라에 큰 선거가 있으므로 시끌벅적하다. 듣고 있자니 이쪽 말도 맞고, 저쪽 말도 맞다.

어찌 보면 이런 때에 맞는 말 골라 고매하게 설파하는 일은 가장 쉬운 일 중 하나일 게다.

또 이면에, 서로 얽히고설킨 폭로와 헐뜯음을 보고 있자면 이쪽도 틀리고 저쪽도 옳지 못하다.

엊그제, 내가 살고 있는 이곳 강원도에 큰 불이 나 오늘까지 며칠 째 그 불 끄느라 내 동료들이며 산림청 관계자들, 관공서 분들이 고생이 많다.

어찌 보면 목숨을 건 사투라 해도 과언이 아닐 만큼 치열한 투쟁이 진행되고 있다.

그 와중에 그 불 중 하나는 주민의 '방화'란다.

동네 주민들이 자신을 무시해서 불을 질렀단다. 그의 어머니는 그 불의 첫 희생자가 되었다.

나라 밖에서는 21세기라는 말이 무색하게도 러시아가 우크라이나를 전면 침공하여 아직도 전쟁이 계속되고 있다.

오늘날에도 남의 나라에 정규군을 보내어 전면전을 벌인다는 것이 놀랍고 마뜩지 않는 일이나, 침공한 러시아는 '그곳은 남의 나라가 아니고 우리는 자국민 보호를 위해 부득이한 전투를 벌이고 있다' 라고 한다.

남의 나라인데, 남의 나라가 아니란다.

이것 역시 얽히고설켜 가만히 보고 있자면 피해자는 우크라이나가 맞긴한데, 가해자는 누구일까 갸우뚱해진다.

또, 피 흘리며 싸우고 있는 이들은 힘없는 우크라이나 민중이다.

모순덩어리에, 하루라도 이 세상이 더 '연명(延命)'할 수 있을지 고개를 갸우뚱하게 하는 이즈음을 바라보고 있자니, 느껴지는 것은 그럼에도 묘하게 잘 굴러가는 이 세상의 '기이하고 신묘함'이다.

한자 요철(凹凸)을 보면, 들어감과 튀어나옴이며 오목함과 볼록 함이다.

그리고 그 둘을 맞대면 한 덩어리가 된다.

그리고.. 그 요철들이 둥글게 손 잡으면 '톱니바퀴'가 된다. 톱니바퀴가 또 여럿 맞 물리면 '회전'이라는 움직임이 생긴다.

그렇게.. 잡다한 세상 일들이 저마다의 주장으로 얽혀 돌아가면 이 '세상'이 되는 것이 아닐까 한다.

요(凹)가 바라보는 세상에서는 들어감과 오목함이 맞다.

철(凸)의 입장에서는 요는, 그 오목함과 들어간 모양새는 틀리다.

하지만 톱니바퀴를 이루어 맞물려 돌아가려면 그 요철의 오목함과 볼록함이 꼭 있어야만 한다.

코로나 19가 우리에게 모습을 드러냈을 때, 누군가는 '신의 노함',

'인류의 타락에 대한 징벌'을 말하고 누군가는 처음 발생된 '중국의 음모'를 말했다.

세상은 얼어붙었고, 절망을 떠올릴 때 절치부심한 인류의 노력으로 백신이 나오게 되고 음지에서 방역에 헌신하는 '백의의 천사'들도 등장하게 되어 마음 따듯하게 해 주었다.

대선의 소용돌이 속에 비난과 무고가 난무하고 금방이라도 나라가 두 조각 날 기세이지만 40%에 육박하는 사전투표 행렬을 보고 있자면 또 구색 맞춰 잘 돌아가는 우리나라 민주주의의 일면을 보게 된다.

누군가는 개인적 괴로움과 자포자기의 심정으로 불을 질렀고, 이면의 누군가는 오늘도 목숨을 걸고 연기 자욱한 상공에서 진화에 힘쓰는 내 동료 조종사들처럼 이 난관의 극복에 매진한다.

한 켠에서는 강원도 지역 특성에 부합하는 대형 소방헬기를 나라에서 구매해 줘야 한다는 주장도 들린다.

그리 되었으면 참 좋겠다.

코미디언 출신의 경험 없는 대통령이라 세상 사람들은 비웃었고, 세상에서 가장 강력한 군대의 하나라는 짜르의 군대는 그 코미디언의 나라를 기세 좋게 침공하였다.

그 나라, 우크라이나의 대통령은 '인간적으로 두려우나 나는 대통령으로서 겁을 낼 권리가 없다.'라는 말과 행동으로 힘없는 나라를 지켜내고 있다.

러시아 짜르 푸틴이 러시아를 제외한 전 유럽을 통합시켰다는 말도 들리고, 전 세계가 하나 되어(역시 러시아는 빼고) 어려움에 처한 우크라이나와 그 나라 국민들을 돕는, 오래된 인간적 모습도 목도할 수 있게 되었다.

아이러니하게도, 이리저리.. 이렇게 저렇게 얽히고설켜 당장이라도 두 조각 나 없어질 것만 같은 이 세상이 또 맞물려 돌아간다.

이쪽이 맞는지, 저쪽이 맞는지, 무엇이 옳고 무엇이 그른지 는 내 입장과 생각에 따라 달라진다.

하지만 확실한 것 하나는 오늘도 그 요철의 조화로 이 세상 또 이리 돌아가고 있다는 것.

모처럼의 봄볕을 맞으며 '아.. 칼바람 불고 몹시 춥던 그 겨울이 지나야 볕이 이리 따사롭게 느껴지는구나..' 하고 생각하던 나처럼..

작금의 여러 사건들에 불안한 마음 드는 것이야 인지상정이겠으나, 그럼에도 오늘도 세상이 돌아가 주는 것, 그 속에 아직 내가 살아 숨 쉬는 것에 감사하기로 마음먹어 본다.

사무실 창 열어 환기 한번 시원하게 시켜야겠다.

○ 한 방향으로 걷는 사람들

한 나그네가 어느 마을에 도착했을 때 언덕배기의 한 무리의 사람들이 어디론가 줄을 지어 가고 있었다.

나그네는 그 사람들이 어디로 향하는지, 왜 줄지어 한 없이 걷고 있는지 궁금하여 대열의 맨 뒤에 걷고 있는 사람에게 물었다.

"이봐요, 이 사람들은 대체 어딜 향해 이리 줄지어 가고 있는 건가요?"

무리의 마지막에 선 사람은 이렇게 답했다.

"아.. 이 답답한 양반을 봤나.. 당신도 얼른 따라붙기나 해요. 이 대열을 따라 걷지 않으면 무리에서 뒤처지고, 이 사람들을 놓치게 되니까.."

그렇다. 이 사람은 왜 그 대열에 서고, 왜 무리를 뒤따르는지도 모른 채 길을 재촉하고 있었던 것이다.

혹시 대열에서 떨어질까만 두려워하면서.

'바보들의 행진'

살면서 누구나 자주 하는 생각은 '아.. 난 지금 도대체 뭘 하고 있는 것일까? 이 길이 맞는 걸까?', '남들에게 뒤처지면 어떡하지', '남들은 날 어떻게 생각할까? 근사하게 보이진 않아도 뒤처진 사람으로 보이진 않아야 할 텐데 말이야.'일 게다.

나도 그리 살아왔고, 오늘의 나 역시 그 물음에서 자유롭지 못한 것이 사실이다.

우리는 살면서 그렇게 남의눈을 의식하며, 남의 생각과 시선을 좇으며 산다. 그러다 혹여 조금 뒤처진 것 같으면 어김없이 밀려오는 불안감, 자괴감..

사실, 이 길을 왜 걷고 있는지도 잊었으면서 그 목적에 대한 물음은 좀처럼 던지기 어렵다.

그런 생각할 시간에 얼른 대열을 좇아야 하므로..

헬리콥터 조종을 배울 때 가장 먼저 배우는 것이 있다.

바로 '제자리 비행'.

말 그대로 헬기를 제자리에 가만히 띄워 좌든 우든 위든 아래든 움직이지 않게 꽉 잡아두는 비행기술이다.

헬기 조종술의 기본 중의 기본으로, 이 조작이 되지 않으면 다음 단계의 비행술을 배울 수 없다.

생각해 보면, 멋지게 창공을 가르는 기술도 아니고 제자리에 헬기를 가만히 두는 그 훈련이 왜 필요한지 이해가 되지 않는다.

하지만 조금만 더 살펴보면, 헬기라고 하는 것의 정체성이란 고정익 항공기(흔히 비행기)와는 다르게 제자리에서 수직으로 이륙할 수 있는 것이고, 제자리에 띄워둘 수 있기 때문에 산꼭대기에도 화물을 나를 수 있는 것이고, 회전면에 대롱대롱 매달려 있는 그 헬기가 안정되게 비행하게 컨트롤할 수도 있는 것이다.

그런데, 이 제자리 비행이라는 것이 사실 꽤 어려운 일이다.

바람이 불어도, 눈에 잠깐이라도 어른거리는 무엇인가가 있기라도 한다면 금세 자세를 잃고 좌우로 흔들리든 위아래로 오르락거리기 일쑤이기 때문이다.

비행하는 물체는 한자리에 가만히 있는 것이 가장 어렵다.

한눈을 팔아서도, 잡생각을 잠깐만 떠올려도, 몰아치는 바람에 흔들려도 안 되는 것이 제자리 비행이라는 것이니까.

살면서 느끼는 불안의 9할은 '내일에 대한 불안'이다.

오늘을 견뎌낼 수 있다면 그것으로 족해야 할 텐데, 사람이란 늘 내일의 걱정까지 하며 '불안을 가불'한다.

내일의 불안을 당겨왔고, 또 다음날에는 그다음 날의 불안을 당겨다 걱정하므로 우리는 늘 불안하다.

어디로 가는지 알고 사는 사람 몇이나 되겠는가? 모두가 '바보들의 행진' 대열에 섞어 이유도 모른 채 살아가고 있는 것이 인생 아니던가.

그 와중에 혹 떨려 날까, 남이 보기에 내가 잘 좇아가고 있는 것으로 보이고 있는 것일까 하며 전전긍긍하는 것이 또 우리 삶의 모습이 아닐까 한다.

비행을 할 때마다 생각한다.

이 인생, 흔들리지 않고, 잡생각 하지 않고 지금 이 헬기처럼 가만히 띄워둘 수 있다면.. 중심 잘 잡고 살 수 있다면..

오늘에 집중하고, 지금 불어오는 바람에 흔들리지 않도록 조종간 꽉 잡고 제자리 비행 잘 해내야 한다 생각한다.

지금 전혀 떠올릴 필요 없는 내일의 불안을 오늘에 가불해와 그 생각으로 인해 내 항공기가 흔들리지 않도록, 잠시 딴 눈 팔아서 휘청거리지 않도록..

중심 잘 잡고, 내일의 불안 따위에 오늘의 소소한 행복을 맞바꾸는 일만은 없도록 힘주어 살아가고 싶다.

비록, 어디로 가고 있는 인생인지는 모를지라도...

○ 유종(有終)

아침나절, 하루의 시작을 위해 걷고 있자니 빗 방울이 투둑 투둑 들고 있는 우산 밑으로 떨어져 뒹군다.

우기(雨期)가 되었으니까..

한 해의 중반쯤 찾아오는 그 시절이니까 싶었다.

몇 걸음 가니 또 드는 생각은, '우기'라는 말은 참 재미없고 건조하다.

비 오는 철을 말하는 그 낱말이 건조하고 맛이 없다.

시절을 단어로 떠올리니 참 재미없어 주변을 둘러보니 빗소리는 투둑 투둑, 빗방울에 튕겨진 흙 내음은 쿰쿰 달달하다.

그 흙 내음을 정확히 느끼고 싶어 실타래를 엮다 보니 문득 그 흙에 언어를 주어 '너의 냄새를 소상히 말해보라 ' 청하고 싶어졌다. 코 끝으로 느끼는 그 스산한 상쾌함을 뭐라 해야 할지 몰라 한동안 궁리하다 그냥 그리 느끼기로 했다.

말로는 못해도 내 코는 아는 축축하지만 아늑한 그 느낌 그대로.

비가 올 때마다 매번 느끼지만 누구 말대로 '인생은 지우개 달린 연필'인 관계로 비를 맞을 때면 매번 새롭다.

신의 은총인 건가.. 아님 멍청함의 반대급부인가..

우린 무언가 눈에 담을 때면 본능적으로 알고 있는 게 있다.

이 모든 것이 유한하다는 것. 그래서 다 담아보려 하고 한 번이라도 더 느껴보려 한다.

나뿐만 아니라 그 누구라도. 이런 생각을 해 본 일 없는 사람도 그저 느낌을 아는 것이리라..

오늘의 이 스산한 청량감이, 흙이 빗발에 튕길 때 느껴지는 그 무엇이, 본능적으로 느끼는 인생의 유한함의 바탕에 서 있기에 더욱더 내게 유의미한 것이라 여기며 터덜터덜 일터 사무실에 들어와 앉았다.

때 되면 스러지는 연기(煙氣)가 아닌 생이 어디 있겠는가..

또, 머릿속 지우개로 영영 지워지지 않는 것들이 있기야 하겠는가..

그래서 언젠가 보았고, 느꼈던 비 오는 아침 풍경이 또 새롭다.

유종(有終), 시작된 것은 끝이 있다는 낱말을 곱씹어 본다. 내가 아닌 시간이 주인인 세상에 살고 있는 지구별에 속한 그다지 유의 미할 것 없는 한 개체로서, 끝이 있으니 더 담고 싶고, 담아봐야 이내 지워지니 또 새로운 이 아침의 역설이 감사하다.

내일은 또 내일대로 의미를 부여하고, 또 피부로, 언어와 낱말들로 세상을 담고 있겠지.. 그리 하루하루 살아간다. 언제일지 모를 그 끝이 유종(有終)의 미가 되길 바라면서..

그 바람이 또 뭔 의미가 있겠냐마는, 암튼 그렇게 하루하루 살아가 겠지..

○ 모든이의 애달픈 여정

지구별에서 나고 진 모든 이에게 신이 내린 형벌은 허락된 시간의
유한함이자 무엇이든 되돌릴 수 없는 매 순간이다.
그래서 생의 결말은 늘 애달프다.

영문 모른 채 세상에 발을 디딘 아이는 '엄마', '아빠'를 시작으로
'나'를 만들어 나간다.
그리곤 어느 순간 '세상 이치를 모두 깨쳤다', '나는 무엇이든 할
수 있다' 느껴질 무렵엔 세상의 중심에 서게 된다. 아니, 스스로
그렇게 생각하고 있을 뿐임을 모른 채..
세상이 바라보는 그의 모습은 한 없이 작고, 풋내 나는 모습이지만
세상에서 오직 그 스스로만 그 사실을 모른다. 모르면서도 영문 모를
의기양양한 호시절을 맞는다.
하지만 사실.. 그리 오래지 않아 알고 있는 모든 것과 내가 가진
것들의 알량함을 깨닫게 된다.
하나, 둘 세상의 벽을 느끼고 도처에 널린 돌부리들에 한 번, 두 번
걸려 넘어질 때 자신의 알량함을 목도하고 엄습해 오는 불안감에
움츠려든다.
그때, 우리는 처음으로 한 방향으로 흘러가는 것이 우리의 숙명적
여정임을 어렴풋이 알게 되고 할 수만 있다면 한 번쯤 이 여정의
시작이나 어려움을 모르던 시절로 되돌아가고 싶어 한다.
사람들은 이 되돌림의 욕구를 '추억'이라 부르기로 했다지..

두려움은 한 번 느끼면 떨어지지 않는다. 떨쳐 내기 위한 몸부림은 되려 두려움의 굴레에 꽁꽁 결박해 버리고 만다. 여기에 '우리는 언젠가 죽게 되는 유한한 존재'임을, 작다면 이보다 작은 존재가 있을까 싶은 자아의 실체까지 알게 된다면 본능적인 '자기 방어'가 시작된다.

무시하거나, 오히려 조울증적 즐거움과 한 없는 무기력과 우울의 시간을 오가거나, 사람에 집착하기도, 세상과 완전히 동떨어진 상아탑에 들거나 신의 영역에 살게 되는 이도 생겨난다. 더러는 이쯤해서 여정을 스스로 끝내 버리기도 하고.

지켜야 할 소중한 것이 생겨나면 자아를 조금씩 깎아 내어 그 소중한 것들을 지켜내기 바쁘고 그러면서도 문득문득 '나는 무엇이고, 여기는 어디이며 이 여정의 끝은 어디인가?'에 대한 막연한 물음을 입 속에서 굴리며 살게 된다.

한숨은 깊어지고 술잔은 한 잔, 두 잔 늘어간다.

'아버지가 마시는 술잔의 반은 눈물'이라는 어느 시인의 글귀와 같이 살고 있음을 알게 될 때 또 한 번 애달프다.

이 한 방향으로 걷는 모든 이의 여정은 우리를 애달프게 하고, 두려움에 떨게 하며 종국에는 '추억' 한 줌 떠올리며 생을 마감하는 결말을 맺게 한다.

왜.. 우리는 왜 이 여정에, 이 무리들에 섞어 한 방향으로만 발길을 옮길 수밖에 없는 것일까?

이 여정의 의미는 무엇이 건데 우리는 이 여정을 겪어 내야 하는 것인가?

이 길의 끝에 섰을 때 그 답을 알게 되겠지..

그때쯤에는 한 번 이 여정의 시작과 끝을 둘러볼 수 있겠지..

문득 그 끝에 서면 내 질문에 답을 할 수 있지 않을까 싶었다.

이 생에서의 여정이 나에게 허락된 모든 것이라면, 내가 오늘도 열심히 두 눈에 담아내는 것이 결국 무위로 돌아갈 한 때의 허상에 불과하다면 생은 더할 나위 없이 터무니없는 과정이다.

이 생의 끝이, 그야말로 항구적 끝이라면 말이다.

결국 나는 지금까지 살아오며 곰곰이 생각한 알량한 조금의 깨달음, 그리고 내가 믿는 신께서 일깨워 준 바 대로 생각하는 수밖에 없겠다 싶다.

신은 우리에게 애달픔의 이유를 알게 하시려 그리 하셨나 보다..

삶이 무엇인지 아는 영혼을 신의 세상에 들이고 싶으셨나 보다..

어디가 끝인지 모를 영원의 세계에 들여놓고 싶은 마음으로 우리에게 짧은 경험의 시간을 주시는 것은 아닌가 한다.

그리고 이 믿음이 진실이길 바라마지 않는다.

그래야 좀 마음이 놓을 듯싶으니까.

오늘도 영혼이 세상에 내리고, 또 어디론가 진다.

그 모든 영혼에게 '1'이라는 숫자가 표시되었다가 어느 순간 없어지면 그 영혼도 이 세상에서 자취를 감춘다. 무수히 많은 탄생과 죽음을 목도하며 이리도 생각하고 저리도 생각하게 된다.

결국은 끝이 아니기를.. 오늘의 애달픈 여정이 오히려 시작이길..

그래서 오늘 죽음을 맞이한 이가, 언젠가 내가 맞이할 죽음이 시작부터 끝까지 애달픈 일만은 아니길 빌어 본다.

* 이 글을 '요제프 라칭거'라는 이름으로 이 세상 나서 '베네딕토 16세'의 이름으로 선종하신 265대 교황께 바칩니다.

○ 될 놈 '될'

사람은 타인에 의해 절대 바뀔 수 없는 존재다.

내가 그렇고, 지금 이 글을 눈에 담고 있는 그대가 그렇다.

짐짓 생뚱맞은 이야기에 고개가 갸우뚱하다면 지금, 각자 가슴에 손을 얹어 보면 쉽게 알게 된다.

나를 '교화(?)' 시키려던 부모와 스승들의 노력들이 다 어디로 갔는지를 떠올려 보라.

'어? 나는 아닌데?'하는 그대는 이 글을 끝까지 일독해 보길 권한다.

결혼을 하고 나와 닮은 아이를 낳아 이름 지어 부르고, 아내와 또 남편과 살 부비며 살다 보면 알게 되는 진리가 '어쩜 저리 한 가족인데 이리도 다를까?'가 아닐까 한다.

가족은 닮았다. 지금 둘러보니 안 닮은 것 같아도 남들은 다 안다 그대들이 닮았다는 사실을.

하지만 닮은 것이 꼭 '같음'을 말하는 것은 아니다.

어느 과학자의 말처럼 사람은 타인과 한 번도 '접촉'해 본 일이 없다. 태곳적 우리 조상부터 당장 같은 집에 함께 사는 이들 조차.

과학적으로는 너와 나의 원자와 원자 간의 전기적인 '밀어냄'을 우리의 뇌가 '접촉'했다 믿기 때문이란다.

뭐, 이런 깊이 있는 지식의 향연에 기대지 않더라도 우리 사이의 '얇은 막'에 대해 우리는 본능적으로 안다.

어린아이는 나아주고 길러주신 어머니도 자신이 아플 때 저 대신 아파 줄 수 없음을 처음 느꼈을 때, 어머니조차 결국 타인임을 어렴풋이 알게 된다.

그리고 그때부터, '나 외에는 결국 타인일 수밖에 없구나'를 깨치고, 비로소 자아가 성장하기 시작한다.

시선을 돌려보자.

책을 읽을 때, 누군가의 강연을 들을 때, 심지어 용한 점쟁이에게 내 인생의 미래를 점쳐보라 복채 몇 푼 건네었을 때 우리가 본능적으로 꼭 하는 것이 있다.

'그 속에서 나를 찾는 행위'

책을 읽을 때 무릎을 탁! 치고 공감하는 것, 강연을 들을 때나 사제의 강론을 들을 때(때론 불법, 설교) 머릿속을 강타하는 그 깨우침과 점쟁이의 점괘를 들을 때 우리는 그 속에서 '나'와 '내 내면의 생각' 또는 내 '자아'가 평소부터 떠들어대던 그것을 발견한다.

그 발견이 우리를 흡족하게 하고, 그 길로 나를 이끈다.

그리곤 생각하겠지. '훌륭한 책(강연, 강론)이구만!'

그렇게.. 이 지구별에 80억 개의 세상이 태어난다.

옆에 있는 누군가와 같이 숨 쉬고 있어도 우리는 결국 딴 세상 사람인 거다. 다른 것을 보고 있으니까.

그러니 나는 타인을 절대 바꿀 수 없다.

내가 바꾸려 하는 상대는 나의 말을 듣고 그저 그의 세상에 원래부터 있던 것들을 발견했을 뿐이고, 그 발견의 산물이 나에게도 있으면 그가 나에게 동조되었다고 '착각'할 뿐.

애초에 상대의 내면에 '발견할 꺼리'가 없으면 그가 발견하지 못할 테고, 그럼 또 '저 인간은 어째 저리 말귀를 못 알아듣나.. 하..'하게 되겠지..

세상에 사람이 80억 명이란다. 그럼 '자아'의 씨앗도 80억 개고, 공교롭게도 80억 개가 모두 다르다. 그 구성부터 내용물까지.

시간 내 책을 읽고, 좋은 강연을 보고하며 돌아보니 그렇더라.. 결국 나는 내 내면에 있는 것들을 '줍줍'하고 있을 뿐이었고, 내 속에 없는 것은 이해할 수도 없고 받아들이지도 않는다.

아니, 받아들여 내면화할 씨앗이 없는 것들은 들어도, 보아도 잊힐 뿐이다.

쉼호흡 깊게 한번 하고, 지난해 읽었던 책을 하나 머릿속에 떠올려 보자. 기억에 남는 것들을 확인한 후 책을 펼쳐보자. 머릿속 책과 지금 펼친 책은 다른 책이다.

그 책에서 나에게 맞는, 내 맘에 드는 것들을 기억했을 뿐.

설령 나에게 맞지 않는 것들을 애써 머릿속에 욱여넣었던들 결국 잊힐 뿐인 거다.

될 놈 '될'

성인군자의 자식도 망나니인 경우가 허다하고, 심지어 소크라테스의 아내는 희대의 악녀로 유명하다.

소크라테스는 집에 가서 유난한 아내에게 '교화' 한 번 안 해 보았 을까?

'산파식 화법'으로 진리를 깨치려 해 보았던들 '내가 산파냐?'며 삼단논법식으로다 싸대기 세대나 맞았겠지..

일말의 기대를 갖고 또 애먼 책장을 넘겨 본다.

○ Carry on

나는 모른다.

어디서 와서 어디로 가고 있는 것인지, 심지어 내가 지금 뭘 하고 있는 것인지도.

거창한 이유야 수만 가지 쉬이 댈 수 있지만 그 끝이 공허한 것은.. 나는 이유를 모르기 때문이다.

고개를 들어 가을빛 창연한 하늘에 날아가는 새들도 무엇 때문에 하늘을 날아야 하는지 알까?

나 보니 새라서 날긴 하는데, 그자들은 또 두발 튼튼한 하늘 아래 우리들이 부러울지 모른다.

새들은 하늘을 날 때마다 두렵다. 심장이 콩닥 거리는데, 참고 나는 거다 매일매일을.

(책에서 과학자 아저씨가 알려줬다. 내가 다 물어봤다.)

고개 돌려 빠알간 가을꽃 보고 있자니 또 궁금하다.

"너는 왜 거기 꽃으로 있느냐?" 당황하겠지 그 꽃도.

거창한 이유야 많겠지만 솔직히 나 모른다.

인간은, 아니 모든 살아 있는 것들의 행복감과 만족은 경험할수록 역치가 높아지고, 그래서 또 다른 기쁨을 찾아야 한다.

그런데 아픔과 고통은 그것의 빈도가 잦아질수록 역치가 낮아진다. 그래야 생존에 유리하기 때문에. 이것도 다 책에 다 물어봤다. 과학자 아저씨들이 친절하게 설명해 주더라고..

그래서 행복의 파랑새는 그리 만나기 어려운 것이라고 말이다.

하버드 나온 또 어떤 아저씨가 무려 50여 년간 관찰해 보니(전향

적 성인발달 연구라 카더라) 결국 행복은 먹고, 자고, 싸는 일차원적인 것이라 한다.
삶의 의미와 이유는 놀랍게도 살아가는 동안 그때 그때 바뀌는데, 먹고 자고 싸는 행복은 뭐 변화 없이 우리에게 즐거움을 선사한다고 하대.

그럼 나 여기 왜 서 있는 건가..

행복이 일차원적 기쁨에 있다면 오늘 꽤나 행복했다. 잘 먹고 잘 쌌으니까.(오늘 3번 쌌다) 아.. 그러하다.
하지만 거기에서 고상한 삶의 이유를 대어보니 아.. 떠오른다.
'시궁창'이라는 맵시 안나는 그 단어..
몰라서 모른다 답하는 내 인생에 자꾸 되지도 않는 질문 그만해 보기로 한다.
알지도 못하면서 진지한 채 살아가는 것도 그만 두기로 한다.
어차피 모를 거 눈앞의 낮은 행복들 열심히 주워 담아야겠다.
몰라도 뭐 어쩔 수 있나 났으니 살아가고, 그러다 한번씩 흘겨 웃는 수 밖에..
계속 가 보자. 두리번거리며, 입맛 쩝쩝 다시며 뚜벅뚜벅..

carry on.. carry on...

○ 기분상해죄

'상해', '고의로 다른 사람을 해하는 것'

거대한 폭력과 TV 뉴스에 나오는, 우리와 다른 세상에 살고 있는 사람들이 저지르는 어마 무시한 경제 범죄, 그리고 정치적 선동과 프로파간다.. 그러한 중범죄들은 어찌 보면 나와 같은 사람들에게는 조금 먼 이야기다.
소시민의 삶에서 이런 범죄들은 그저 나쁜 사람들의 나쁜 세상 이야기다.
우리에겐 이게 있다. '기분상해죄'.
세상의 많은 일들이, 적어도 나의 영역에서는 대부분의 분란과 문제들은 과연 누가 나를 기분 상하게 했느냐에 달려 있다.
길 가다가 도, 누군가와 간단히 말을 섞을 때에도, 일상적인 대화를 익숙한 누군가와 나눌 때조차 느닷없이 뭔가 상한 느낌이 들어 뒤돌아 서면 '아.. 저 자식이 나한테 기분상해죄를 저질렀구나.. 퉤.' 하고 느끼곤 한다.
뒤돌아 한 두 걸음 걷다 보면, 피식하고 '아.. 내가 참 속이 좁긴 좁구나.. 이런 것 가지고..'라며 금방 사그라드는 경우도 있고, 때론 밤새 잠 못 자고 부글거린다.
그리고 가슴에 조용히 손을 얹고 생각해 본다.
'나는? 나는 아닌가? 나는 기분상해죄 상습범, 전과자는 아닐까?'
뭐.. 간단히 떠 오르는 것만 해도.. 맞다.. 나는 전과자다.
창피한 일이지만 흔히 말하는 '욱'하는 순간이 종종 찾아오는 나는,

조용히 인상 구기다 일순간 상대에게 '요건 좀 아프겠지?'하고 일격을 가하는 경우가 있다.

대답이 없거나 답답한 상대에게는 그 빈도가 잦아진다.

아.. 이 중범죄자를 어찌해야 할까.?

삶은 끊임없는 타자와의 '주고받음'이다. 또, 우리가 보고 있는 것은 세상이 우리에게 '보여주는' 것이다.

신중하고, 경거망동해서는 안된다. 이제 나잇살이나 먹었으니 더더욱.

말이 화살이 될 때가 있다.

그 화살 맞으면, 부지부식 간에 마음이 유리처럼 깨진다.

그리고 한동안 피해자에게 속이 뻐근한 상태를 남기게 된다.

그리고 나와 같은 소심좌들은, 꼴에 모질지도 못해서 남에게 '촌철살인'이랍시고 시원하게 한 마디 남기면 돌아서서.. 나도 아프다..

미련도 이런 미련이 없다.

다 손해다. 손해. 하지 말자.

수련이 필요하다.

남의 말에 빈정상하거나 최대한 기분 상해하지 않기.. 남의 행동에 '욱'해서 기분상해죄 저지르지 않기..

수련을 위해 코끼리가 그려진, 맘에 드는 명상 앱을 하나 다운로드 하여 '궁극의 평온'을 잠시 느끼다 그 앱 제작자가 '풀 소유' 그 분인걸 알고 또 '욱'했다. 아.. 또 욕했다.

'쓰읍 후후'.. 기분상해죄를 저지르지 않는 자가 되려 노력 잠시 해 보았으나 망한 듯하다.

일단, 피해자들에게 마음으로 '합의' 보고, 다음을 기약해 본다.

나는 아직 아닌가 보다 한다..

○ 기억의 숲

삶은 계란.. 아니, '기억'이다.

삶은 계란이 먹고 싶다는 느낌적인 느낌에 홀려 주변을 둘러보았
더니 아무것도 없기에 입맛 쩍 다시고 이것저것 생각의 실타래를
엮다가 그 끝이 '삶과 기억, 존재의 이유'에 닿았으므로 오늘은 이
이야기를 짓기로 한다.

누구나 할 것 없이 출생의 순간, 백색의 공허와 희뿌연 불확실의
세상에 발을 딛는다.

의아하고 생경한 그 공간에 출생의 고통이라는 작은 풀이 돋아나고
그 공간의 '한가운데'에는 이내 '엄마'라는 나무의 묘목이 생겨난다.
잡음과 혼돈의 시간이 얼마간 흘러 '아빠나무', '형제 나무들', '할머니
나무', '할아버지 나무'가 심긴다. 서서히 뿌연 세상이 얼마간 명료
해지면 '나'라는 나무, 다른 이름으로는 '자아(自我, ego)'라는 나무가
보이기 시작한다.

그 나무, 생각해보니 이전부터 있었던 나무인데, 이제야 보이는 것
같기도 하다.

고개를 들어 위를 올려보니 '엄마 나무'가 우러러 보인다.

언제 이렇게 크게 자라났는지 세상에서, 그 공간에서 가장 크고,
따스한 무언가가 느껴지는 포근한 그 나무.. 내가 가장 좋아하는
나무로 정해 본다.

둘러보니 '아빠 나무'도 꽤 크게 자라났다.

이 나무는 잎이 푸르고, 든든한 생김이 맘에 든다.

'하늘'이라는 공간이 열리고, 연한 푸르름이 가득 차고 있는 게 느껴진다.

그렇게 '유년의 숲'이 생겨났다.

삶의 시작이자 기억의 시작 말이다.

알게 모르게 시나브로 심기는 나무들을 바라보다 보면, '시간의 흐름'에 따라 그 '유년의 숲' 가에 흐르는 작은 냇가 건너에 '책가방과 학창 시절의 숲'도 푸른색이 유독 창연한 '청춘의 숲'도 생겨나고 야근과 생계의 풀과 나무로 가득 찬, '인생은 실전이야 짜샤 숲'을 지나 어른이라서가 아닌 늙어가는 길목이라서라는 뜻의 '장년의 숲'을 지나 진짜 늙어서인 '노년의 숲'에 까지 다다르게 된다.

이쯤 되면 시간은 흐르는 것이 아닌 폭력으로 느껴지기도 할 테지, '시간의 횡포'.

'일반적'이라고 할만한 인생은 뭐 대략 이렇게 흘러가지 않겠나 한다. 불우한 유년, 결손 가정, 불의의 사고로 얼룩이 진 생이 지어내는 숲은 모양과 구성이 달리 보이게 되겠지만, 어떻든 중요한 것은 생의 본질이라는 것은 결국 '기억'이라는 것이다.

우리가 보고 느끼고 생각하는 것은 세상이 내게 보여주는 것이다. 보이는 대로 생각하며 '아무것도 아닌 하루들'을 보내고 있는 그 순간에도 우리 내면의 '기억의 숲'에는 하나, 둘 나무와 풀들이 생겨 난다.

또, 어느덧 뒤돌아 보면 파도에 쓸려가는 발자국처럼 원래 없었던 듯 사라져 버리는 나무들도 있다.

그런가 하면 '할머니 나무', '할아버지 나무'처럼 기억은 선명하나 '잿빛'으로 변한 채 남아 있는 나무들도 생겨나고 말이다.

생은 보고, 듣고, 느끼는 것이기도 하지만, 동시에 언젠가 꺼내어 보면 아름답기도, 사랑스럽기도, 때론 아리기도 한 '기억'이다.

그래서 그 기억이란 것이야말로 우리 존재의 이유이자 증거가 아닐까 한다.

결국 남는 것은 기억일 뿐일 테고, '나' 자체가 다른 이의 기억의
숲에 사는 한 그루 나무일 테니까.

노년의 숲에 다다랐을 때, 거닐고 있는 그 숲을 빼곤 나머지는 온통
회색 빛 아련함일 테지.

어느 날, 알았던 몰랐던 죽음이라는 순간을 맞이하게 될 때, 내 마음속
기억의 숲 나무들은 하나, 둘 사라져 가고 본래의 백색 공허로 돌아
가게 되겠지..

다시 공허의 한가운데에 서서 생경함에 두 눈 껌뻑이고 있을 수도
있겠다.

내 생이 다했을 때, 나는 누군가의 기억의 숲에 한 그루 잿빛 나무로
잠시 지내다 언젠가 그들의 숲이 사라져 나를 기억하는 모두가
백색 공허를 맞이하면 그때야말로 내 존재가 이 세상에서 완전히,
'최종적이고 불가역적으로' 사라지게 되는 것은 아닌가 한다.

○ 어느날 신이 나타났다

천주교 신자로서, 하느님의 존재에 관하여서는 의심하지 않으나 항상 드는 궁금증이 있다.

'왜 주님은 모습을 드러내지 않으실까? 모습을 드러내시면, 보고서야 믿는 많은 이들이 한 번에 믿게 될 텐데.. 하다 못해 기적이라도 간간히 보여주시면 이 세상의 악의에 찬 많은 이들을 돌아서게 할 수 있을 텐데..'

그래서.. 작은 이야기 지어 생각의 타레를 엮어 보기로 했다.

어느 날이 좋은 날, 서울시 한 복판에 '신'이라는 이가 나타났다.

백인인 듯 하나 볕에 많이 그을린 얼굴에 곱슬머리, 매부리코의 170센티 미터 남짓의 남자가 나타났을 때, 공원에 있던 사람들은 그저 흔한 '도른자'라 생각하며 무시했다.

그는 "나는 신이다. 너희들과 이 세상 만물을 태초에 창조하였으며, 너희 모두의 삶을 주관하는 자다"라고 말하였다.

사람들은 생각했다.

'너무 초라하고, 내가 알고 있는 신과 다르며.. 저 말들은 흔하게 볼 수 있는 헛소리다. 그래.. 저자는 '도른자'다.'

그 신이라는 사내는 이내 공원 벤치 옆에 쓰러져 있는 병든 노숙자에게 손을 가져다 대며 말하였다.

"병든 자여 이제 일어나 걸으라. 너의 몸과 마음의 병이 나았도다!"

그랬더니 금세 병든 노숙자가 일어나 걸었다.

사람들이 모였다.

웅성대는 틈바구니에서 누군가 소리쳤다.

"당신이 만약 신이라면, 우리를 왜 창조했나요? 우리는 무엇 때문에 나서 무엇 때문에 살고 있는 거죠?"

신이라는 사내가 대답했다. "창세기 1장 1절에서 31절..."

질문한 사내가 어이없다는 듯 발길을 돌리며 내뱉는다. "아.. 잠깐 속을 뻔했네.. sibal.."

한 구석에 있던 몹시 현학적이며 멀끔한 안경 긴 사내가 가운데 손가락으로 안경을 추켜올리며 한 마디 했다.

"저 사람이 말한 창세기 1장 1절 ~ 31절 말씀은 대략.. 이 세상 창조에 관한 이야기로.. '한 처음에 하느님께서 하늘과 땅을 창조하셨다로 시작하여 하느님께서 보시니 모든 것이 참 좋았다..'라는 구절인 것 같습니다만..."

청중이 다시금 웅성거렸다.. 이때, 무리 중의 한 중년 부인이 갑자기 소리쳤다.

"아니~ 다 좋은데, 그럼 우린 어떻게 해야 행복하게 살 수 있는 건가요? 집 사느라 낸 대출에 우리 아들 대학이며, 남편 직장은 어떻고.. 에휴.. 참.."

신이라는 사내가 대답했다. "베드로서 1서 2장 11절.. 내가.. 베드로에게 그렇게 일러두었지.."

* 위 성경 내용 : '영혼을 거슬러 싸움을 벌이는 육적인 욕망들을 멀리하십시오'

그 아주머니.. 상욕과 함께 사라졌다..

이때쯤 청중들 사이로 휴대폰이 '딩동'하고 울려댔다.. 여기저기 휴대폰 알림음이 울리자 사람들은 휴대폰을 들어 내용을 살폈는데, 이 신이라는 사내 이야기가 각종 인증 샷과 함께 '얼굴시간', '인스O그램',

'트윗O', '웨이O', '틱O' 등 sns에 게재되어 있었다.

그렇게 신이라는 사내는 '인싸'가 되었다.

그 무렵 YON, SOS, MOC 등 각종 매체의 기자 무리가 그 공원에 도착하였다.

기자들은 한순간 그 신이라는 사내에게 갖가지 질문을 쏟아냈고, 이내 '공식입장'을 물었다.

또, 구청 공무원과 경찰, 소방관이 나타났으며.. 신이라는 사내는 무어라 말하고 있었으나 공무원들에게 연행되어 어디론가 사라졌다.

그날 저녁, TV에 이런 뉴스가 나왔다.

"오늘 오후 4시경 서울 파고다 공원에 신원미상의 중동인 추정 남성이 나타나 자신을 신이라 주장하며 시민들과 언쟁하는 등 소란이 있었습니다. 경찰과 관계자들에 따르면 이 남성은 신원 및 국적 미상으로 입국 배경과 경위에 대해 조사 중이라고 밝혔습니다. 다음 뉴스입니다..."

화면에는 KF94 마스크를 씌우려는 경찰과 사내의 실랑이가 비춰졌고, 그 옆에는 '신속항원검사 킷트'가 놓여 있었다.

이래서...

우리에게 모습을 보여주실 수 없는 것일까...

우리가 주님이 나타나시면..

있는 그대로 믿을 수 있는 사람들이기는 한 걸까?

2천년 전 유다왕국 살던, 주님을 못 알아보고 십자가에 못 박은 이들과 지금의 우리는 다르다 말할 수 있을까?

그러고보니.. 본다는 것이 꼭 믿음의 전제는 아닌 듯 하다..